百合中毒

井上荒野

集英社

百合中毒

1

遥《はるか》が池内《いけうち》との約束を違《たが》えるのははじめてのことだった。しかも今夜は東京で落ち合って、食事して一泊する予定だった。予約が取りづらい鮨屋《すしや》を池内がずいぶん前に予約してくれていたのだ。

それでも今日はどうしたって、実家に戻らないわけにはいかなかった。その理由を遥は池内に説明できなかった。説明したくなかったのだ。ただ「実家でちょっと問題が起きて」とだけ言った。すでに東京に着いていて、渋谷のホテルの一室で起床したばかりらしい池内は、しばらくその続きを待っていたが、聞けないとわかると「そうか」と答えた。鮨屋をキャンセルしなければならない件について遥が謝ると、「キャンセル待ちの人がたくさんいるらしいからね。誰かが喜ぶわけだから、いいよ」と言ったけれど、不機嫌はどうしようもなく滲《にじ》み出ていた。

ここは八ヶ岳《やつがたけ》の麓《ふもと》で、遥のアパートから実家までは車で登って三十分の距離だった。遥は腹立ち紛れに、赤いジムニーのスピードを上げた。ずっと前から楽しみにしていた東京行きが、こんな理由でパーになるなんて信じられない。あれから何年になるのか。私は中学生だったから、今年で二十五年だ。信じられない、どうかしている。ふたつめの別荘地を抜ける。ゴールデンウィークが明けたばかりで、通行人はもちろん、対向車ともめったに出会わない。「白樺《しらかば》湖《こ》方面」の標識を越えて間もなく、「ななかまど園芸」の看板があらわれる。

気が逸《はや》っていたので店の駐車場に車を停《と》めて——家族の車は栽培場のほうに置くことになっていて、大回りしなければならない——エントランスに向かうと、アーチの前で通行を遮《さえぎ》るように立ち話している男女がいた。歳《とし》の頃は遥と同じくらい、カップルではなく夫婦だろう。午前十一時の開店を待っている客だろうか。すみませんと言いながら遥が通り抜けようとすると、それが非常識な行為であるかのようにジロリとふたりから睨《にら》まれた。ここは私の家なんですけど。そう言ってやろうか。いや、それどころじゃないと思い直して、苛立《いらだ》ちをいっそう募らせ、売り場を抜け、ディスプレイを兼ねた庭を抜けて母屋に辿《たど》りつく。

ドアを開けると、三和土《たたき》にはあきらかにそれとわかる靴があった。人となりがあらわれているということではなく、そういう靴を履く者は今までこの家にはいなかったから、わかったのだ。いかにも高そうなバックスキンのベージュの靴。いかにも別荘族のオヤジが履いていそうな靴。こういう靴を履くようになったというわけか。その靴は、まるで家族の靴みたいに、家の中に爪先を向けて無造作に脱ぎ置かれている。それを横に蹴りとばすようにして自分の靴を脱いだところで、姉の真希《まき》が奥から出てきた。

「来たのね」

と姉は声を潜めて、どことなく迷惑そうに言った。電話をしてきたのは姉なのに。

「どうなってるの。今どこにいるの」

遥はむしろ声を張って聞いた。自分たちがこそこそする理由はないはずだ。

「応接間」

真希は遥をたしなめるように、さらに声量を絞って答えた。

「お母さんと？」

「ううん……ひとりで座ってる」

「お母さんは？」

「寝室じゃないかしら。なんかごそごそやってるみたい」

「ごそごそ？　ていうかみんな何やってるの？　蓬田《よもぎだ》さんは？」

「売り場にいなかった？」

「見なかったけど……。義兄《にい》さんは？」

「出かけてるのよ、今」

「どこに？」

義兄の行き先に関心があったわけではなく、聞いたのは勢いだったのだが、姉は視線をさまよわせただけで答えなかった。へんだ、と遥は感じる。だがそもそも異常事態の真《ま》っ只中《ただなか》なので、違和感をどう分析していいのかわからない。

結局、遥は姉を押しのけるようにして廊下を進んだ。古い造りの家なので、リビングではなく応接間と呼ぶほかないようなその部屋は、廊下を挟んでダイニング――というより食堂――の反対側にある。来客中はいつでもそうであるように、ドアはぴったりと閉まっていた。遥は一呼吸おいてからノブを回した。

父親は一人掛けのソファに座っていた。危険を察知した草食動物みたいに、ぴんと首を上げて遥を見た。


遥の記憶の中の父親よりも、目の前の男はふた回りほど縮んでいた。

床屋に行ったばかりのような短髪はすっかり白くなっていて、もともと存在感が薄かった目鼻は、皺《しわ》の中に埋まっていた。

「遥か」

父親は立ち上がった。オレンジがかったチェックのシャツに、紺色のサマーセーター、ベージュのチノパンツ。洒落《しゃれ》た出《い》で立《た》ちは、背もたれにレースがかかったえんじ色のソファや、土産物をごちゃごちゃ並べた飾り棚がある古臭い部屋で浮き上がっている。土産物の中にはかつて彼が買ってきたものもあるのに。ああいう服はこの辺りでは手に入らない。松本あたりまでわざわざ出かけて買うのだろうか、ネットショッピングに習熟しているのか。そういう生活をしているのだろうか。

「もう大人だな」

父親の次の科白《せりふ》がそれだった。私が三十八歳だということをこの男はわかっているのだろうか。そのうえ涙声になっている。泣くわけか、と遥は思う。二十五年間放っておいて、突然戻ってきて私を見て、泣いてみせるわけか、この男は。

「何しにきたんですか」

もはや他人であるということを伝えるために丁寧語で聞いた。父親は洟《はな》をすすり上げ、目を拭《ぬぐ》った。答えない。察してくれというような顔で遥を見ている。

「今頃、突然来るってどういうことですか。何の用があるんですか、この家に」

「プリシラがイタリアに帰ったんだよ」

「はあ?」

信じられない答えだった。その名前を今このタイミングで聞かされるとは思っていなかった。プリシラは父親の恋人の名前だ。二十も若いイタリア女と恋仲になって、父親は二十五年前に、妻と二人の娘をあっさり捨てたのだ。

「だから何?」

「だから……」

「まさか、あのひとがいなくなったから、戻ってくるっていうんじゃないよね?」

「だめかな、やっぱり」

「何言ってるの？　バカじゃないの？」

遥は叫《さけ》んだ。怒りで声が震え、吐きそうになっている。不覚にも涙が滲んできた。父親は縋《すが》るような目で見ている。何者なんだろう、この男は。恋人がいなくなった。だから元《もと》の鞘《さや》に収まりたい。今この男が言ったのはそういうことだ。どうしてそんなことが言えるのか。信じられない。信じられない信じられない。気持ちが悪い。

「許さないから。絶対に。出てってよ。早く出てって！」

怒鳴り捨てて部屋を飛び出し、力任せにドアを閉めた。


父親に叱《しか》られた記憶が遥にはなかった。物心ついてから彼が家を出ていくまでの、十年あまりという短い期間のことではあるけれど。

父親は穏やかな男だった。たいていどんなときでも薄く微笑《ほほえ》んだような表情をしていた。笑うときには「ウフフフ」か「エヘヘヘ」というふうに笑った。笑ったあと、本当に笑ってもよかったのかたしかめるように、周囲の顔色を窺《うかが》った。驚いて思わず声を上げてしまったようなときは、申し訳なさそうに首をすくめた。

といって、父親が頼りない男だったというわけでもない。父親は、母親の婿《むこ》として「ななかまど園芸」の三代目になった。店は父親の采配によってまわっていた——父親が出ていったあとしばらく、営業も家の中も混乱していた理由を、そういうことだったのだと、長じて遥は理解した。父親と母親は、遥の見たところ似たタイプの人間だったが、穏やかな父親から、実務的なところをすっぱりなくしたのが穏やかな母親だった。母親は父親に頼りきっていて、父親は、遥や真希にやさしいのと同じかそれ以上に、母親にやさしかった。仲のいい両親だった。少なくとも遥はそう思っていた――父親が出ていくことを知らされたその日まで。

あれは十二月のはじめ、雪が降りだす前の寒い日だった。遥は中学一年だった。夜、ごはんですよと呼ばれてダイニングへ行くと、いつものように家族全員が揃《そろ》っていた。テーブルに父親と姉。コンロの前で盛りつけをしている母親。その日の夕食はロールキャベツ。クリーム味のロールキャベツは、父親の好物だった。

「今日がお父さん、最後なんだ」

遥が席に着くと、父親がそう言った。何が？　と遥は聞いた。いつものようにテレビがついていて、姉はそちらを観《み》ていた。

「明日からはお父さん、この家にいないんだ」

続けて父親はそう言ったが、遥にも姉にも、あいかわらずその意味は伝わらなかった。出張にでも行くのだろうと遥は思っていた。妙にあらたまった口調なのは、面白がらせようとしているのだろうと。

「いなくなっちゃうんだ？」

だから遥はそう言ったのだった。笑いながら。そのとき母親がロールキャベツの皿を両手に持ってテーブルにやってきて「そうなのよ」と言った。皿のひとつを、最初に父親の前に置きながら。あとの三つも順番に銘々の前に置いて、母親は席に着いた。

「お父さんは好きな女のひとができたのよ。そのひとと暮らすためにこの家を出ていくの。だから今日が最後の夕ごはんなの」

母親はそう言った。淡々とした、それこそ突発的な出張とか、在庫一掃セールの予定とかを家族に知らせるときみたいな口調だった。それから母親はスプーンを取って、ロールキャベツを食べはじめた。真希が泣き出したが、遥にはまだ事態がよく飲み込めなかった。そのうちみんな笑い出すのだろう、まず笑うのはお父さんだろう。そう思って父親を見ると、やっぱりロールキャベツを食べていたが、スプーンと口を黙々と動かして、いつまで見ていても顔を上げようとしなかった。

そのときの記憶は、それから四ヶ月ほど経《た》ったときの出来事と対になっている。遥はひとり、父親に会いに行ったのだった。

父親の居場所を、遥は家族からではなく噂《うわさ》で知った。田舎《いなか》の小さな村だから、周囲の誰もが父親の出奔《しゅっぽん》を知っていたのだ。蓼科高原《たてしなこうげん》のイタリアンレストラン。遥も行ったことがあった。そこの造園を「ななかまど園芸」が請け負って、仕事が終わったときに家族で招待されたのだった。あのとき、食事の最後に出てきたイタリア人の女シェフが、父親の「好きな女のひと」

だという。それを知って、行ってみる気になった。何かの間違いだとしか思えなかったのだ。きっと父親はあそこでまだ造園の仕事を続けているのだろう。母親はなにかとんでもない誤解をしているのだろう。行けばわかる。行けば、お父さんは帰ってくる。

四月半ばの日曜日だった。朝食を食べたあと、友だちと一緒に諏訪《すわ》に遊びに行くと言って家を出て、バスに乗った。以前に家族で訪れたときは父親が運転する車だったから、降りるバス停を間違えてしまい、道に迷ったりもしたけれど、家を出てから一時間足らずでその店の前に着いた。こんなに近くにお父さんはいたのだ、それなのにあれから一度も帰ってこなかったのだと、なにかお腹《なか》の中で硬い石がゴツゴツと膨らんでいくような感触とともに思ったとき、笑い声が聞こえた。

遥はそちらに顔を向けた。建物の中から最初にあらわれたのはイタリア人の女だった。赤い格子柄の綿入れを羽織っていたが、彼女の体格が良すぎるせいで、小さなリュックでも背負っているみたいな姿だった。それから父親が出てきた。こちらは青い格子柄の綿入れを着ていて、布団にくるまった子供みたいに見えた。女が父親を指差してオーッと声を上げ笑い、すると父親も破顔して、凧みたいに袖を広げて、ぴょんぴょん飛び跳ねた。女はケラケラと笑い、父親もいっそう笑った。父親がそんなふうにふざけるのも、顔いっぱいの笑顔も、遥はそれまで見たことがなかった。遥はくるりと向きを変えて歩き出した。父親を憎みはじめたのはそのときからだった。

姉が言った通り、母親は寝室にいた。

遥がドアを荒々しく開けても顔も上げなかった。チェストの前にぺたりと座り込んで何かしている。傍らには洋服の山がある。

「お母さん！」

呼びかけるとやっと顔を上げて、「ああ」と言った。すぐにまた俯《うつむ》く。

「何やってるのよ？」

「洋服の整理」

反抗期の子供みたいに、ぼそりと母親は答える。

「どうするの？　お父さん応接間にいるんだよ。平気な顔して座ってるのよ。追い出してよ。お母さんができないならあたしがやるわよ」

「あんたがやることじゃないでしょう」

「じゃあお母さんが言ってくれるのね？　追い出してくれるんだよね？」

「ちゃんと考えてるから」

母親はセーターを黒いゴミ袋の中に入れて、次のセーターの検分をはじめた。

「ちょっと、お母さん……。ちゃんとこっち見て話してよ。わかってるの？　あいつが戻ってきたのは、あの女に捨てられたからなんだよ？　たぶん、それで居場所がなくなって、のこのこ戻ってきたんだよ？」

「だから、わかってるってば」

母親はうるさそうに顔を上げて、そう言った。遥は思わず母親に突進して、手にしていたセーターを奪い取った。

「お母さん、しっかりしてよ。こんなこと今しなくたっていいでしょう」

「今はこれを片付けてしまいたいの。いつの間にかこんなに洋服が溜《た》まっちゃって」

だめだ。

遥は思った。母親は正常じゃない。あきらかに逃避行動に走っている。それよりもっと悪いかもしれない。ショックで認知症になったとか？　まさか。「今はこれを……」って、通常であれば店に出ている時間ではないか。

「蓬田さんは知ってるの？」

その名前を出してみることにした。

「知ってる」

と母親は再び反抗期モードになって答えた。

「蓬田さんからあいつに言ってもらいなよ」

「そんなこと、できないわ」

「なんでよ？　蓬田さんだってそうしたいはずだよ」

「しつこいわね。あんたには関係ないでしょう」

遥は呆気《あっけ》にとられた。「しつこいわね」も「あんたには関係ないでしょう」も、これまで母親から言われたことのない言葉だった。これらが母親のボキャブラリーに存在していたということすら驚きだ。

ぬっと母親が手を伸ばし、遥は思わず後ずさったが、母親はただ遥が奪ったセーターを取り返しただけだった。再び目を伏せ、それをたたみはじめた。

認知症ではなさそうだ。でも、まったく話にならない。遥は憤然と立ち上がった。歩き出すときベッドの脚に小指をぶつけ、「もう！」と思わず声が出た。和室に絨毯《じゅうたん》を敷いて洋室ふうにしてある寝室には、シングルベッドが一台だけ置いてある。かつては父親のと母親の、二台あったうちの一台を、十年くらい前に母親は蓬田さんに譲っていた。それは母親の決意、あるいは母親と蓬田さんの決意の証拠だと遥は考えていた。同じタイミングで蓬田さんが越してきた、それまでよりもずっとこの家に近いアパートの一室で、蓬田さんは今もまだあのベッドで、ときには母と一緒に眠っているはずではなかったのか。

ドタドタと足音荒く廊下を進む。応接間のドアがまだぴたりと閉まったままであるのを横目で見て、家を出た。姉の姿が見当たらないが、店に出ているのだろうか。みんなおかしい。あの非常識で身勝手な父親に、誰も彼もが遠慮しているように感じられる。

店に行こうとしたとき、家の横手のビニールハウスの入口に人影が見えた。遥が近づくと人影は奥へ引っ込んだ。覗《のぞ》き込《こ》むと、作業服姿の蓬田さんが手招きしている。

「どうなった？」

百八十センチをゆうに超える身長で、横幅もそれなりにある髭面《ひげづら》の大男である蓬田さんが、並んだ苗の間で腰をかがめて、ひそひそと聞いた。

「こっちが聞きたいわよ。だいたい何で蓬田さん、こんなところに隠れてるの？　出ていって怒鳴りつけてやればいいじゃない」

「歌子《うたこ》さんに言われたんだよ。ちょっと隠れててくれって」

「はあ？」

今日何回めの「はあ？」だろう。この反応は池内がきらうから、普段は極力抑えている。けれどもこうまで呆《あき》れた事態には、「はあ？」と言う以外にないだろう。

蓬田さんは叱られた子供のように、手元の花をいじった。今、ハウスで咲いているのはジギタリスで、オレンジやサーモンピンクの花穂《かすい》が、ぽつぽつと立ち上がっている。

「うまくいってなかったの？　母と」

母親の恋愛について詳しく知りたいとは思わないが、この場合はやむを得ない。蓬田さんはふるふると首を振った。母親より八歳年下の五十七歳、結婚の経験なしというプロフィールを遥も知っている。

「家を買おうかなんて話もしてたんだよ。店はもう真希ちゃんと祐一《ゆういち》さんに任せて、隠居しようかなあなんて言い出してさ。そこでふたりで暮らして、しばらくは俺だけここに通勤してくればいいとか、そんな具体的なことまでさ」

「だったら言わないと、そういうこと。母にもあいつにも」

「そうだよな」

遥の怒りがようやく伝染したかのように蓬田さんが顔を上げたとき、遥のポケットでスマートフォンが鳴り出した。取り出してみると池内からだったから、「ちょっと待ってて」と蓬田さんに言い置いて、遥はビニールハウスを出た。


「悪いね。今、ちょっと話して大丈夫？」

「大丈夫」

実際のところ大丈夫である気がしなかったが、遥はそう答えた。

「家の問題は解決したの？」

「解決はまだしてないけど……でも大丈夫。声が聞きたかったし」

「今夜の店のことなんだけどさ」

池内がそう言ったから、遥はちょっと失望した。ただ心配のあまり電話をくれたのだと思っていたから。そのうえ、池内が話し出した内容は、とんでもないものだった。

「……だから、もったいないっていうよりは、今後のためにさ。キャンセルしないほうがいいと思うんだよ。印象が悪くなるだろ？　予約するときにフルネーム聞かれるし、ドタキャンするような客の名前は控えてる気がする。そういう店なんだよ。どうかと思うけど、旨《うま》いのはたしかだから仕方がないっていうか」

「それで奥さんに電話したわけ？」

「……いや、電話は、むこうからだよ。どうしようかなってちょうど考えてるときだったから」

嘘《うそ》だ、と遥は思う。池内のほうから妻に電話をかけたのだろう。もしかしたら、東京へ行けなくなったことを知らせる遥からの電話を切ったすぐあとに。あ、俺だけど。今日なんだけど先方が都合で会食に来れなくなってさ。なかなか予約が取れない、すごい鮨屋がたまたま取れたのに、もったいなくてさ。出てこない？　子供たちはお義母《かあ》さんとこ預ければいいだろ。うん、そう……それでこっちに一泊して、一緒に帰ればいいよ。そんなふうに言ったのだろう。そのときの池内の表情や口調が、ありありと浮かんでくるようだ。

「で？」

遥は言った。

「え？」

と池内は聞き返す。

「だからどうしたの？　今夜のお鮨屋さんに、私の代わりに奥さんが来ることになった、だから何？」

「いや……いちおう、知らせておくべきだと思ってさ」

「お礼を言えってこと？　知らせてくれてありがとう。これでいいの？」

「なんだよ、感じが悪いな。あとから知ったら気分悪いだろうなと思ったから今言ったんじゃないか」

今知ったって十分気分が悪いわよ。遥は胸の中で言った。結局のところこの件でわかるのは、池内にとって私よりも予約の取りづらい鮨屋のほうが重要であるということ、それに妻を急《きゅう》遽《きょ》呼び出すことができるほど池内夫婦の関係は良好である、ということではないのか。

だが、考えたことを口には出さなかった。池内が怒りはじめたからだ。この状況下で、彼からの連絡が途絶えたり、職場でことさらに他人行儀にふるまわれたりするのはつらすぎる。

「ごめんなさい」

なんで私が謝らなくちゃならないのだろうと思いながら遥は謝った。

「……まあ、身内の問題というのは厄介だからね。解決することを祈ってるよ」

やや口調を和らげて池内は言った。

「落ち着いたら説明するから」

「無理しなくてもいいよ。それじゃ、切るから」

通話が終わってしばらく、遥はスマートフォンを意味もなく眺めていた。気分は今日最低に落ちていた。なんで私がこんな気分にならなければならないのだろう。なんで私と池内との間が気まずくならなければならないのだろう。

ビニールハウスの入口から蓬田さんが顔だけ出してこちらを窺っている。戻ろうとしたとき、敷地内に設置しているスピーカーから姉の声が聞こえてきた。

「業務連絡。店長、至急売り場のほうへお願いします。業務連絡。店長、至急売り場のほうへお願いします……」

店長というのは母親のことだ。

蓬田さんがまた弱腰になってぐずぐずしたために、ふたりで売り場に行ったときには、母親はすでにそこにいた。夏に咲く宿根草《しゅっこんそう》のコーナーの、ヘメロカリスの苗を並べた台を挟んで、母親と姉が、さっきアーチのところにいた男女と向かい合っていた。

「あの、誤解しないでいただきたいんですけど」

女は、遥たちのほうをちらりと見てから、そう言った。

「お金がほしくて来たわけじゃないんですよ。治療費は請求いたしません。ただ、販売する以上、その植物のことを勉強する責任がそちらにあるんじゃないかと申し上げているんです」

「申し訳ありませんでした」

母親が深々と頭を下げた。事情はもう了解しているらしい。何が起きているのか、もちろん遥にはさっぱりわからない。

「ですから、お詫《わ》びを聞きに来たわけじゃないんですよ。そちらのおふたりもお店の方？　じゃあもう一度説明しますけどね」

女は早口でキイキイ喋《しゃべ》った。うしろで男が、張り子の虎みたいにうんうんと頷《うなず》いている。

「ユリ科の植物に猫は中毒するんです。ヘメロカリスはとくに毒性が高いんですよ。うちの子は葉っぱを三枚ほど食べただけで、一週間入院しました。幸い助かりましたけど、死んでしまう子のほうが多いんです。それほどの危険性について、お店の方がまったく知らないっていうのはどういうことなんでしょう？　苗を買うときにひとこと注意さえあれば、絶対に猫を近づけませんでした。苗は庭に植えますよね。野良猫とか、野良じゃなくても外飼いしている猫とかが、被害に遭う可能性だってあるわけですよ。うちの庭の花がよその猫を殺すところだったんですよ」

男はもう頷くのをやめて、当惑げに女を見下ろしていた。女は自分自身の言葉に煽《あお》られていっそう激昂《げきこう》しているようだった。百合《ゆり》が猫に毒だなんて、もちろん遥も知らなかった。それにしても今日はなんて日なのだろう。

ぱん、と母親が手を叩《たた》いた。

女も含めて、その場の全員がぎょっとして母親を見た。母親はある種の挑戦的な表情で見返した。

「おっしゃることは理解いたしました。ひとこともございません。お詫びして、対処いたします」

どこかに書いてあることを読むみたいに母親は言った。

「対処って？」

やや気圧《けお》されたふうに女が聞いた。

「はい、これからすぐに。よろしければご一緒にいかがですか」

「いや……」

と男が言いかけたが、

「ええ、ぜひ」

と女は言った。母親の態度に負けまいとしているのだろう。遥が蓬田さんの顔を窺うと、蓬田さんはちいさく首を振った。母親がどんな「対処」をするつもりなのか、彼にもわからないらしい。姉が遥のほうを見ていた。遥もちいさく首を振った。

バレリーナという品種のピンクの薔薇《ばら》を絡ませたパーゴラの下の、大きなテーブルを囲むベンチに、母親に言われた通り全員で座って待っていると、やがて母屋から母親が戻ってきた。遥は思わず呻《うめ》いた。母親のうしろに父親が従っているからだ。ふたりとも大きな箱を抱えている。

お待たせしました、と母親はかしこまった口調で言って、箱の中のものをテーブルの上に広げた。画用紙、クレヨン、いろんな色のマジックペン。店内に貼るお知らせなどを書くときに使うものだ。父親が助手よろしく、画用紙を銘々の前に配りはじめる。

「猫の百合中毒のポスターを作りましょう」

その言葉の意味を一同がまだよく理解しないうちに、母親は書きはじめた。迷いもせずに赤い太書きマジックを手に取って、広げた画用紙の上方に、「百合中毒」と書いていく。

姉もクレヨンに手を伸ばした。蓬田さんも。一瞬迷って、遥も描くことにした。そうするほかないように思えた。

手近にあったのが黒いマジックだったから、画用紙の真ん中に黒い猫の顔を描いた。目玉の部分に、赤いマジックでうずまきを入れる。百合にあたって目を回している猫の顔だ。ちらちらと周囲を窺う。「危険!!」と姉は黒いマーカーで書き、その周りを赤いマーカーで強調している。蓬田さんは百合の絵を描いている。絵が得意な人だから、ちゃんと百合に見える。

そうして、父親も描きはじめている。おずおずと画用紙とクレヨンを自分のほうに引き寄せて、周囲を窺い、遥の真似《まね》をしようと決めたのか、茶色いクレヨンで大きく猫の顔の輪郭を引いている。なにちゃっかり参加しているのよと言いたいが、クレーマーの男女がいるから声が出せない。そのふたりは呆然《ぼうぜん》としている。もちろん、こんな展開は予想していなかったのだろうし、この園芸店のメンバーたちの異様な雰囲気に呑《の》まれているのだろう。母親は「百合中毒」の文字の下に、今度は黒いマジックでドクロらしきものを描いている。骸骨《がいこつ》の顔を、グリグリと塗りつぶしている。父親は猫の顔の上にピンク色で吹き出しをつけて、「百合中毒！」と書いている。

どうかしてる。遥はそう思いながら、自分の画用紙を色で埋めていった。今できることはこれしかないから、そうしている。百、合、中、毒、と黒いマジックで書きながら、気がつくと意識がそこから離れて、池内と父親との違いについて考えている。あるいは、自分が池内と付き合っていることの正当性について。父親に腹をたてる資格が、自分にはあるのかどうかについて。

答えは出ない。あるいは考えたくない。だから遥の意識は百合中毒に戻る。マジックで形どった文字の中を、黄色のクレヨンで塗りはじめる。今、敵はあのふたりのクレーマーだ。黙々と作業しているほかのみんなにとってもそうだろう。でも、これを描き終わったらどうしていいのか、たぶん誰ひとりわかっていないだろう。

2

母屋の洗面所は、真希と祐一が結婚してこの家に同居することになったときに浴室やトイレと合わせてリフォームした。工務店に相談したのは予算だけだったから、古い家の中でそれらの場所は妙に浮き上がっている。ユニットバスと同じシリーズの洗面台は、鏡の周りを丸い電球が取り囲んでいて、映画で観たストリッパーの楽屋みたいだ。リフォームしてからもう十五年が経つから、すでに見慣れて、いちいちぎょっとすることもなくなったけれど。

その洗面台の上に、今朝はポーチが置いてある。黄色いナイロン製で、開いた口から青い歯ブラシが飛び出している。それが父親のものであるということが、真希にはわかる。もちろん、この家でポーチを洗面台に置き忘れるのは父親しか考えられないわけだが、それはそうとして、青い歯ブラシでわかる。この家で暮らしていた頃、父親はいつも青い歯ブラシを使っていた。母親が赤、父親が青、真希がピンクで遥がオレンジ。そう決まっていたのだ。メーカーを変えても色は変えなかった。今も母親は赤、真希はピンクで、祐一のは黄緑と決まっている。歯ブラシの色について家族で話し合ったことなどないけれど、そうなっている。そうして父親は今もやっぱり青い歯ブラシを選んでいるわけだ、と真希は思う。

ピンク色の歯ブラシで歯を磨いていたら、洗面所のドアが開いて、父親がひょっこり顔を出した。いるとは思っていなかったのだろう、真希を見て「わっ」と声を上げた。

「ごめん、ごめん」

なぜか謝りながらポーチを摑《つか》んで、そそくさと出ていった。家族の歯ブラシは洗面台に備え付けのフックに並べて掛けてあり、フックはひとつ空いているけれど、父親はいちいちポーチから出し入れしているらしい。そのポーチを置き忘れ、真希に見られてしまったから、「ごめん、ごめん」ということなのか。毎日使う歯ブラシを空いているフックに掛けないことで、何かをあらわそうとしているのだろうか。父親が突然戻ってきてから、今日でちょうど十日になる。

朝食の支度は真希の担当だ。コーヒーメーカーをセットし、玉子を焼いている間に母親と祐一がテーブルに揃う。九日前から四人ぶんの朝食を作っている。皿をテーブルに並べ終わったところで、父親があらわれる。

「あ、いいよいいよ。余ったらもらうから」

来客用のコーヒーカップに真希がサーバーを傾けると、毎朝言うことを父親は今朝も言った。

「お父さんのぶんも淹《い》れてあるから」

それに目玉焼きもパンもお父さんのぶんがちゃんと置いてあるでしょう？　と思いながら、真希もいつものように言う。毎朝このやりとりを繰り返すのも、父親的には意味があることなのだろうか。

母親は素知らぬ顔をしている。まるで父親の姿が見えず声も届かぬというふうだ。このふたりは今、同じ部屋で寝ているというのに。数日前にマットレスが届いたことを真希は知っている。あの部屋には今、シングルベッドがひとつしかないから、父親は床にマットレスを敷いて寝ることにしたのだろう。ベッドをもうひとつ買うのではなくてマットレス。それも父親の判断だろうか。それともその判断を含めての父親の態度には、母親の意思がかかわっているのだろうか。真希にはわからないし、聞くこともできない。

食事中はほとんど会話はない。その日の営業上で必要なことを母親が言い、真希と祐一が必要なことを答えるが、父親は口を利かない（ときどき盗み見ると、小さく頷いたり、意味もなく微笑んだりはしている）。父親が戻って以来三人は、それまでのようにどうということのない会話をしなくなった。

「なんだかね」

食事が終わって店舗のほうへ歩いていくとき、夫とふたりだけになったから、真希はそう言ってみた。この件については母親同様に、祐一ともちゃんと話したことがほとんどなかった。

「何が？」

祐一は聞き返した。意地悪くではなく、本当に何が話題になっているのかわからないふうだった。

「父のことよ。ああいう態度って、どういうつもりなのかなって」

「ああいう態度って？」

祐一は再びそう聞き返してから、自分が上の空であることにようやく気づいたふうに、「まあね」と言った。

「二十五年ぶりに帰ってきたんだからね。十日やそこらで元通りにはならないだろう」

「それはそうだけど」

二十五年ぶりに、父親は「帰って」きているのだろうか。私たちはそれを認めていいのだろうか。父親の二十五年間というのはなんだったのだろう。真希が言いたいのはそういうことだったが、それをどんなふうに祐一に伝えればいいのか考えているうちに、夫は栽培場のほうへ行ってしまった。

開店を一時間後に控えて、真希は店内に陳列した苗に散水した。

薔薇コーナーからサルビアを並べた一画へ、グラスコーナーからシェードガーデンへ。移動の途中でときどき、蓬田さんと父親の姿が視界を過《よぎ》った。

母親と蓬田さんとの間にどんな話し合いがあったのか、そもそも話し合いがあったのかどうかもわからない。ただ蓬田さんは、これまで通りに通勤してきて、これまで通りに仕事をしている。彼が「ななかまど園芸」の社員であり続ける以上、それ以外の選択肢はないのだろうけれど。

父親が何をしているのかはよくわからない。苗のポットが妙にきっちり整列していたり、花殻《はながら》や枯れた葉が、真希が摘む前に取り除かれていたりするから、そういうことはしているのだろう。以前、家にいた頃は、蓬田さんが今しているようなことを父親がしていた。でも今それは蓬田さんの領分で、父親はむしろそこを侵さないように細心の注意をしているように見える。そして注意というなら蓬田さんもそうで、父親と鉢合わせしないように気をつけていることがわかる。ふたりの動きは、森の中の小動物みたいだと真希は思う。お姉ちゃんもお母さんも同じだよ、森の中の弱っちい小動物だよ、と遥なら言いそうだけれど。

外の売り場から屋内に戻ろうとしたとき、祐一が駐車場のほうへ歩いていくのが見えた。真希は思わず小走りになった。

「出かけるの？」

祐一は軽トラックの運転席のドアに手をかけたところだった。振り返った顔に動揺が見える。いや、そう見えるだけだろうか？

「木下《きのした》さんとこ、もうちょっとやることあってさ」

祐一は言った。

「なんで？　もうちょっとって？　クレーム？」

木下さんというのは市内の医者の家で、息子が跡を継いだのを機に同じ敷地内にある医院と家を建て替え、外構《がいこう》や庭もデザインを一新することにして、「ななかまど園芸」がその仕事を請け負ったのだった。

「いやクレームとかじゃないんだけどさ。医院側のエントランスの花壇を、もうちょっと派手にしたいって奥さんが言ってて……」

「植え替えるの？」

何も積んでいない荷台を見ながら真希は聞いた。その視線を祐一も追う。

「いや……今日は相談っていうかさ」

そう答える夫の口調が微《かす》かに不機嫌になっているのを真希は感じる。しつこく聞きすぎたのだろう。真希は怯《ひる》む。諍《いさか》いはしたくない。諍いになれば、問い詰めなければならなくなる。

「じゃあ、帰ったら相談の結果を教えて」

「うん、もちろん」

いつもの穏やかな口調に戻って、祐一は頷いた。

「……大丈夫だろ？　今日、昼くらいまで俺がいなくても」

「ええ、大丈夫」

祐一の口調に合わせるように真希は微笑んだ。それが余計なのよ、と胸の中で夫に言いながら。大丈夫だろ？　なんて言わなければいいのよ。だって本当に木下さんのところに相談に行くなら、大丈夫だろ？　なんて聞かないでしょう？　と。

真希は会計場に入って、あまりやらなくてもいいような細々《こまごま》したことをしばらくやった。背後の壁に「百合中毒」のポスターが一枚貼ってある。母親が描いたもので、「百合中毒」の文字は赤、中央に黒いドクロの絵という、おどろおどろしいものだ。

家族全員と蓬田さんとで描いたポスターは、店内のあちこちに掲示された。クレーマーの夫婦が見ている前で、みんなで貼ってまわったのだった。監視されていたというよりは、どちらかといえばこちらがあのふたりを引き止めていた。帰るに帰れない雰囲気を作っていたのだ。そうして、あの夫婦が逃げるように帰っていくとたぶんその場の全員が（父親はどうだったかわからないが）心の中で快哉《かいさい》を叫んだのだったが、ポスターは翌々日には、このレジ後ろの一枚を除いて全部撤去されてしまった。「なんだかお店の雰囲気が悪くなるわね」と母親が言い出して。とはいえ店で売った百合が猫を死なせたりするのはやっぱりいやだから、自分が描いた一枚だけをレジの近くに残しておこうと決めたのも母親だった。真希も祐一も蓬田さんも、もちろん父親も、誰も口を挟まなかった——あるいは口を挟めなかった。

客が入ってきて、薔薇について助言を求められたのでそちらへ行き、戻ってくるとレジの前に子供がいた。Tシャツ型の長袖のワンピースの上に黄緑色の袖なしパーカを着ている四、五歳くらいの女の子で、反《そ》っくり返るような姿勢でじっと見上げているのは、間違いなく「百合中毒」のポスターだった。

真希はレジに入ったのでその子と向かい合う格好になった。なんとなく気後れしながら微笑みかけると、子供は笑い返しもせず、ポスターを指差しながら「ガイコツ」と言った。

「そうね、骸骨ね」

真希は子供に応えた。ドクロではなくガイコツと言われると、あらたな意味が付与されるようだ。

「ユリ」

子供は無表情のまま、さらにそう言った。

「そうね、百合ね。漢字が読めるの？　すごいわねえ」

「あたしの名前」

「あら、そうなの？　百合ちゃんっていうお名前なの？　あなた」

子供は頷いた。そうか、そういうこともあるわけだと真希は思う。あたしの名前が書いてあるよと子供が母親に教えにいって、それで母親が「百合中毒」を見て、またクレームが来るなんてことにならないだろうか。

そんなことを考えて、この子の親はどこにいるのだろうということに思い至った。見回したかぎりではそれらしい姿はない。ひとりでうろうろさせていいような年齢ではないだろう。

「誰と来たの？　ママ？　パパ？」

「ママ」

「ママはどこにいるのかな？　お手洗い？　ここで待ってるように言われたの？」

子供は答えない。その話題には興味が持てないとばかりに、唇を引き結んでしまった。


自分に子供ができたら、「雪《ゆき》」という名前をつけようと思っていた。

中学生の頃の話だ。同級生の「勇気《ゆうき》」という名前の男の子のことが好きだった。好きといったって、今考えれば、そういう対象がほしかったというだけの気楽な思いだったけれど。運動会や球技大会で彼がいいところを見せると女友だちときゃあきゃあ騒ぎ、話しかけられれば日記に書いたりもしたけれど、それだけで満足で、付き合いたいとか告白したいとかは考えたこともなかった。ただ密《ひそ》かに、自分が大人になって結婚して、生まれた子供が男の子だったら、名前は「雪」にしよう、と夢見ていた。「雪」を「ユーキ」と読ませるのだ。我ながらロマンチックで、素敵な思いつきだと悦に入っていた。それもまた気楽なことだったと真希は思う。進級したり初潮を迎えたりするのと同じように、結婚も出産も、待っていれば自然にやってくるものだと信じていたのだから。

高校一年の冬に、父親が家を出た。真希は悲しかったが、悲しみの底を探すと羨望があった。家族を捨てるほどの、それほどにロマンチックな、ドラマチックな恋愛を父親はしたのだと。

今考えればそのときすでに、自分はそういうものとは無縁の人生を送るのだとわかっていたのかもしれない。

遥は父親のあたらしい家族を見に行ったのだそうだ。あるとき、例によって彼女があまりにも父親を悪し様《あざま》に言うので、そこまで彼は悪くないんじゃないかという自分の考えを真希がつい口にしたら、妹はさらに激昂しながらそのことを言ったのだった。ばかみたいな格好して、ぴょんぴょん飛び跳ねてたんだよ？　大笑いしながら、まるであたしたち家族なんか最初からこの世に存在してなかったみたいにさ。そういうのお姉ちゃんは許せるの？　と。

あのイタリア料理店。もちろん真希も行ったことがある。じつを言えば、たぶん遥より先に見に行っていたし、妹から打ち明けられて以後も、何度か行った。妹のように父親とイタリア人の女が一緒にいるところには出会わなかったが、気配は感じた。たとえば秋の夕暮れの、白熱灯のオレンジ色の明かりに染まった窓。日曜日の昼の、駐車場に車がないから出払っていることはあきらかな、しんとした家の佇《たたず》まいにさえ。ばかみたいな格好して、ぴょんぴょん飛び跳ねてたんだよ？　という妹の涙声が、そんなとき、奇妙にも真希の脳裏によみがえった。そしてその家が、特別な、神秘的な場所に感じられた。選ばれたひとだけが——そういうひとは世界中の人口の何パーセントくらいだろう？——行ける地上の楽園みたいに。

高校ではバレーボール部のエースアタッカーを好きになって（中学の彼のことはあっさり忘れて）、このときは友だちにも明かさずに思いつめ、卒業式の翌日に告白した。中学のときの彼同様に、その彼もたいそうモテる少年だったから（そういう少年ばかり好きになるのだ）、期待はなくて、ただ、卒業したらたぶんもう二度と会えない相手に、自分の気持ちを伝えたかった。そういう衝動には、父親の一件が影響していただろう。

電話をかけたら駅前まで出てきてくれた彼は、真希を見ると露骨にがっかりした顔になった。在学中は真希の名前も知らなくて、電話してきたのはいったいどんな子なんだろうと期待していたのかもしれない。どこかに場所を変えようという気にもならなかったみたいで、駅舎へ出入りする人波の中に突っ立って、「何?」と聞かれたから、「ずっと、好きだったのです」とおかしな言いかたになってしまった。すると彼は「ありがとう。で?」と聞いた。あのときの彼の顔は忘れられない。意地の悪い薄笑いを浮かべて、完全に真希を見下していた顔。お前ごときが俺に告白するのか、と言いたげな顔。真希はそれ以上何も言えず、逃げ出した。

高校卒業後は約五年間、伊那《いな》市内の園芸店で働いた。真面目に働いただけで、誰のことも好きにならなかった。あの駅前での告白の顚末《てんまつ》に懲《こ》りて、そういうことには近づかないようにしていた。こちらから近づかなければ、近づいてくるものもなかった。自分は楽園には行けないほうの人間なのだということがはっきりした頃、その店を辞めて「ななかまど園芸」に戻った。祐一とは見合いで結婚した。「ななかまど園芸」が造園を手がけた別荘のひとが持ってきた話で、東京の知り合いの三男、ということだった。東京の大学を出て都内の大きな銀行に勤めていたが、今時めずらしく結核にかかった。幸い治癒したが、空気のいいところで暮らしたいから、こちらで仕事が見つかれば移住するつもりなのだという説明があった。真希と結婚した場合、婿に入って、「ななかまど園芸」で働いてくれるという条件もついていた。

会ってみると祐一は、感じのいい、頭の良さそうなひとだった。ときめくようなことはなかったが、結婚が進級や初潮と同じように自分にやってくるのなら、今がそのときなのだろうとは思えた。祐一のほうも真希を気に入ったようだった。気に入ったのは私というより、私の家がある土地やうちの家業なのかもしれない、と真希は思ったが、悪い気持ちにはならなかった。楽園とは無縁な者たちの結婚というのはそういうものだろうと考えた。結婚式を挙げる前にふたりは、湖畔のラブホテルで肉体関係を持った。真希にとってはそれが初体験だった。ことの後で祐一が、じつは結核というのは嘘で、うつ病だったのだ、と打ち明けたけれど、それで結婚をやめようとは思わなかった。むしろ打ち明けてくれたことが嬉《うれ》しかった。銀行を辞めたらうつ病は軽快して、もう薬も飲んでいないと言った。それから今日まで、その病気のことは忘れて暮らしている。


しばらく待っていたけれど、子供の親がレジ前に迎えにくる気配はなかった。店内放送をしたほうがいいだろうか。まだ客はそれほど入っていない。探したほうが早いかもしれない。

「ママを探しに行こうか」

真希はレジを出て子供の手を取った。やわらかさと体温の高さに一瞬、鳥肌が立つような心地になる。あらためて考えてみて自分でびっくりしたが、子供の手を握ったのはこれがはじめてのことだった。

　子供の歩調に合わせて歩くのもむずかしかった。気が急《せ》いているせいでつい早足になって、小さい手を引っ張ることになってしまう。子供は泣きもせず、唇を引き結んだまままちょこまかと足を動かしてついてくる。まずはいちばん可能性がありそうな洗面所内を覗いてみるが、誰もいなかった。そこを出て、屋内をあらためて見渡し、そもそも客の姿がひとりも見えないことを確認してから、表へ出る。

「ママに何か言われた？　待っててとか」

　子供は首を振る。

「自動車に乗って来たの？」

　子供は頷く。

「お名前は？」

「ゆりちゃん」

「苗字《みょうじ》は？　その……何、ゆりちゃんなのかな？」

　子供は答えない。

　だんだん子供が重たくなってきた。実際の重さではなく、精神的な問題だ。繋《つな》いだ手のひらがじっとり汗で湿っている。その汗が自分のものなのか子供のものなのかわからない。気持ちが悪い、と真希は感じる。この子が自分の子供だったらそんなふうには思わないだろう。他人の子だから、なんだかその母親の汗を塗りつけられているような気持ちになってくる。

それにしても、こんな小さい子を放りだして、親はいったい何をしているのか。心配ではないのか。まさか捨て子ではあるまいに。それともこの子は、進級、初潮、結婚に続くものとして自分に遣わされたのだろうか。まさか。妙な考えはしないことだ。とにかく早く保護者を見つけなければ。こんなところを父親には見られたくない。

そう思った瞬間に、その父親と鉢合わせした。ディスプレイガーデンを歩きはじめたとき、ひょいと横道から出てきたのだ。

「あれっ」

父親は真希を見、子供を見、また真希を見た。

「違う。違うのよ。この子は迷子なの」

父親が何か言い出さないうちに、真希は言った。そうしてはじめて父親を——彼が二十五年も経って帰ってきたことを憎んだ。大恋愛して出ていったのなら、二度と戻ってこないのが筋ではないのか。あの女がイタリアへ帰ったというのなら、追いかけていくのが本当ではないのか。それなのにこの家に戻ってきて、いなかった間のことは何も知らず、察することさえできずに、私が手を引いている小さな女の子を見て、自分には孫がいたのかもしれないと——何かの行事で家にいなかった子供が今日になって帰ってきたのかもしれないと、能天気に勘違いしているのだ、きっと。

「店内放送してきますから。ちょっと、この子を見ていて」

父親のほうへ押しやると、子供は突然ぎゃあっと泣き出した。一度離した真希の手に縋りついてぎゅっと握る。ああいやだ、と真希は思う。泣いている子供を宥《なだ》めたりあやしたりしているところを、父親に見られたくない。

真希は子供の手を振りほどいた。そんなに力を入れたつもりはなかったのに、子供はよろめいて転びそうになり、父親がその体を支えた。子供はいっそう激しく泣き出して、父親は微かな非難の表情で真希を見た。

「お願いね」

真希は言い捨て、背を向けた。ぎゃあーっという泣き声に追いたてられるように、小走りになる。


レジに戻ったときにはひどい気分になっていた。

子供は転ばなかったしあのあとは父親がちゃんと面倒を見てくれているだろう。そう思うのに、人殺しでもしてきたように心臓がいやな感じに飛び跳ねていた。

迷子の呼び出しをしよう。そのためにここに来たのだから。そう思っているのに、気がつくとデニムのポケットからスマートフォンを取り出していた。自分に迷う暇を与えず操作して、祐一にかける。ずっとかけたいと思っていたのだった。相談の結果はどうなった？　そう聞こう。本当に木下さんと相談しているのなら、本人の前では答えづらいかもしれないし、それがわかっているのに何を考えているんだと、あとで怒られるかもしれないけれど、かまわない。

　けれども祐一の声は聞くことができなかった。「おかけになった電話は、電波の届かないところにあるか電源が入っていないためかかりません」と録音の声が応答した。無駄と思いつつ真希は三度かけてみたけれど、同じだった。あまりにも予想通りのことだったから、笑いと言えないこともないものを唇の端に浮かべながら、そういうことよね、と真希は思う。電波の届かないところにいるか、電源を切っているわけね。もちろん木下さんと相談しているときに邪魔が入らないように電源を切っておくということはあるだろう。帰ってきた祐一に聞けば、そういうふうに言い訳するのだろう。

　楽園というわけではない結婚だったけれど、私と夫は間違いなく夫婦なのだ、と真希は思った。十五年間ともに暮らしてきただけのものは、ふたりの間に存在するのだ。だからわかってしまう。こういうことははじめてではなかった。いつからだったろう――おかしいと思うようになったのは、たぶん去年の冬頃からだ。夫は私に隠し事をしている。私に嘘を吐《つ》いて、誰かと会っている。

　ようやく店内放送のマイクを手にするのとほとんど同時に、スマートフォンが鳴り出した。祐一からだと思って飛びついたが、知らない番号からで、かけてきたのは父親だった。そういえば父親の携帯の番号を知らなかったのだと気がついた。母親はもう知っているのだろうか。いずれにしても私の番号を知っているということは、母親が彼に教えたのだろう。

「あの子のお母さん、いたよ、見つかった」

そうとなればもう行く必要はなかったのだが、真希は納屋へ向かった。そこへ行けば何かがわかるような気がしたのだ――夫のひみつを知りたいとは思っていない自分が、何を求めているのかはわからなかったが。納屋というのは通称で、実際は納屋を改装した建物だ。今は寄せ植え教室の会場になっている。そうだ、今の時間に来ているとなれば、店内ではなくて寄せ植え教室を思いつくべきだった。

真希はほとんど何も考えず、ドアを勢いよく開けた。そのせいでその場の全員から注目を浴びた。寄せ植え教室の生徒たち、講師を務める母親。子供の姿を探すと、壁際で父親と一緒にいた。泣きはらした顔でジロリと真希を見上げた。

それから真希はもうひとりの人間を見つけた。それは生徒の中のひとりだった。木下さんの奥さんだ。造園の依頼をしてきたひとだ。「医院側のエントランスの花壇を、もうちょっと派手にしたい」と、今、祐一に相談しているはずのひとだ。でも、今、彼女はここにいる。目を丸くして私を見ている。そうだ、彼女は、自分で寄せ植えを覚えてエントランスを飾りたいと思ったのだろう。祐一を呼び出したりなんかしなかったのだ。どうして私はここへ来てしまったのだろう？　どうして木下さんの奥さんが来ていることに気がついてしまったのだろう？　知りたいのはこんなことではなかった。

「この子のお母さんは？」

何かが体の中から噴出して、それは父親に向けての鋭い声になった。

「見つかったっていうのは嘘だったの？」

父親は動揺して口をぱくぱくさせた。一瞬の間のあと、「はあい」という間延びした声が生徒たちの中から上がった。

「私です。すみませーん。お世話かけましたあ」

ピンク色のエプロンを着けた茶色い髪の若い女が、ニコニコしながら立ち上がった。


ピンクのエプロンの若い女は、子供を連れて教室に来た。隣の椅子に座らせていたが、講師が寄せ植えを実際にやってみせるのを、みんなで囲んで眺める時間があって、そのときに勝手に納屋を出ていったらしい。実演に夢中になっていて、気がつかなかった。気がつくのとほとんど同時に、男性が子供を連れて入ってきた。

女の説明によるとそういうことだった。もう一度同じことが起こらないように、父親が子供を見ていたらしい。

真希はテーブルの上に箸を並べた。母親、祐一、自分、そして父親。父親の箸はいまだに来客用だ。蓬田さん専用の箸はちゃんとあるのだが、父親が戻ってきて以来、彼が仕事終わりにこの家に寄ることはなくなった。午後九時少し前。店を閉めて片付けをして、家族が再び食卓を囲む時間。

夕食は、真希が作ることもあるがたいていは母親が用意する。今日もそうだった。豚肉と淡《は》竹《ちく》を煮込んだ鍋を、真希は母親に言われてテーブルに運んだ。新聞を読んでいた祐一が顔を上げて、「うまそうな匂いだなあ」と真希を見た。疚《やま》しいからそんなふうにときどき妻の反応を窺うのだろう。祐一は昼過ぎに戻ってきた。そのあとはずっと忙しそうにしていて、木下さんとどんな相談をしたのかはまだ聞いていない。嘘は、今夜ふたりきりになったときに吐くのだろう。真希が何も言わなければ、自分からは話題にしないつもりかもしれない。

真希は黙って配膳を続けた。朝食のとき同様に、父親がこそこそとあらわれて、申し訳なさそうに座る。真希が味噌《みそ》漬けの鰆《さわら》の皿を前に置くと、「すまんね」とあやまる。母親が席に着き、四人は今夜も黙って食べはじめる。

「呆れたわ」

真希は言った。母親と父親、それに夫は、はっとしたように真希を見た。

「今日の迷子のお母さん。信じられないわ。子供をあんなふうにほったらかすなんて。いなくなっても気がつかないなんて」

「今日の迷子って?」

祐一が母親に向かって聞き、

「大ごとにはならなかったのよ」

と母親は答えた。それから祐一はあらためて真希のほうへ顔を向けたが、真希は食べることに集中しているふりをした。早々に、自分の発言を後悔していた。

「真希が見つけてくれたから助かったよ」

父親が言った。戻ってきてから、彼がそんなふうに食卓ではっきり口を利いたのははじめてかもしれなかった。誰も返事をしなかった。互いに間合いを計るように沈黙している。

「店をやってると、いろんなことがあるな」

父親はさらに言った。真希は気づいた。そして叫びだしたくなった。私は、父親から気遣われている。

「淡竹、うまいね。肉の味がよく滲《し》みてるね」

祐一が言った。そんなグルメリポーターみたいなことは普段決して言わないひとだから、母親がぎょっとしたように真希を見た。真希は目をそらし、「うん、味わい深いね」と父親が同調した。

3

　六月なのにまるで台風みたいな荒天になった夜が明けて、蓬田厚志《あつし》はその朝、通常より一時間早く出勤した。雨風は明け方には止《や》んだが、空はまだいやな感じに暗いままだった。ディスプレイガーデンは思ったほど荒れていなかったが、それでも被害がないというわけではなくて、厚志は作業着に着替えると、修復作業に取りかかった。

　倒れている植物を起こし、どうにもならないものは植え替えることにする。背が高く細い茎に繊細な小花をつけるような種は意外に強くて、頑丈そうな茎に肉厚の花を咲かせているのが、茎の途中からぽっきり折れていたりする。園芸の仕事を長くやっていれば驚くようなことではないが、今朝の厚志はその意味を何かつくづくと考えてしまう。大きな花の中には雨水が溜まる。その重みで茎から折れるのだ。だから何だ？　自分に聞く。その口調は忌々《いまいま》しいものになる。

　ヘメロカリスの花も摘む。これは雨のせいではなく、この植物は一日花だから、昨日の朝開花したものが夜にはもう萎《しぼ》んでいるためだ。摘んだものをゴミ袋の中に入れるとき、萎《しお》れた花の中に溜まった雨水が溢《あふ》れて、作業着の太ももの部分に染みを作った。その染みの形を厚志はじっと見下ろす。猫には毒になる花だという。そのことはあの夫婦から言われるまで知らなかった。猫に毒なら、人間にはどうなのだろう。染みのあたりの皮膚がじわりと熱くなったような気がしてきて、厚志は急いで立ち上がった。

胸ポケットの中でスマートフォンが鳴り出す。姉の冴子《さえこ》からだった。

「来週だよね、うん、わかってる」

厚志の三つ上の冴子は、図書館司書をしながらずっと独身を通してきたのだが、去年、遅い結婚をした。そして来月、日本語教師である夫とともに、タイに移住することになっている。行けば数年は現地で暮らすことになるらしく、出国前に会食をする約束をしていた。

「諏訪のレストラン、四人で予約していいのよね？」

冴子は言った。両親と厚志は折り合いが悪く、この会食には彼らは来ない。姉が確認しているのは、厚志が当初の予定通り、「付き合っている人」を連れてくるのかということだった。

「いや、三人で」

厚志が答えると、「えっ、そうなの？」と冴子は案じる口調になった。

「彼女、仕事が忙しくなっちまったんだ。よろしくお伝えくださいって言ってたよ。会えなくて残念だって」

歌子のプロフィールについて、姉には「仕事関係の、ちょっと年上の人」とだけしか伝えていない。「ななかまど園芸」の女主人だとまだ明かさずにいてよかったと厚志は思う。もしもそれを姉が知っていたら、「弟が付き合っている人」の夫が戻ってきたという噂は、姉の耳にも届いただろう。

「そう……私も残念」

姉の声はふらりと揺れた。厚志の言葉を、丸ごと信じてはいないのだろう。だが追及はしない。ただ弟を心配している。姉はそういう人間だ。厚志は胸が痛んだ。せっかく、姉を喜ばすことができると思っていたのに。


花壇を離れようとしたとき、反対側の通路に何か落ちていることに気がついた。回り込んでみると「百合中毒」のポスターだった。歌子が作ったもので、レジのところに貼ってあったやつだ。厚志は眉をひそめた。薄気味悪い。なんでこんなところに落ちてるんだ？　あの場所は夜、扉を閉めて鍵をかけるから、あそこから風で飛ばされてきたとは考えにくい。昨日の営業時間中に何らかの理由で剝《は》がれたか剝がされたかして、どこかべつの人目につかない場所にあったのが、夜間にここまで飛んできたのだろうか。いずれにしてもあのひどい雨に打たれたはずなのに、縁と裏側が微かに泥で汚れているだけでポスターはほとんど濡《ぬ》れていなかった。

ポスターを持ってレジへ行った。貼り直すか、それともいっそ捨てちまおうかと迷っていると、向こう側の入口から歌子の元亭主がひょこっと入ってくるのが見えた。その姿は、すぐに柱の陰に消える。観葉植物を置いているエリアへ入ったらしい。こちらには気づかなかったか、気づかなかったふりをしているのだろう。

元亭主とは、お互いに避け合っている。お互いに、ということは、つまりあいつはわかっているわけだよな、と厚志は考える。俺と歌子の関係を、あいつは知っている、だから俺と顔を合わせないようにしてるんだよな、と。それはつまり、歌子があいつに言ったってことだよな、と。それ以外にはないだろう。真希ちゃんや祐一さんがそのことをあいつに伝えるなど考えられないし、近所の噂になっているといったって、わざわざあいつに話しかけて注進するような者はいないだろう。

歌子が言ったんだ。厚志は力を込めてそう思い、その可能性に自分が一縷《いちる》の望みをかけていることを認める。ひとりの男の出現――というか再来――で、自分は歌子の恋人から一介の使用人に一瞬のうちに戻ったわけだが、歌子が俺とのことを元亭主に打ち明けたのなら、彼女の中では俺はまだ彼女の恋人なのかもしれない。

だが、告白が懺悔《ざんげ》だとしたら？　厚志はそうも思う。思いたくないのだが、その考えは否応《いやおう》なく浮かんでくる。すると次に眼前にあらわれるのは、歌子が元亭主の前で泣いている場面だった。その歌子はときに泣きながらあいつの手を握ったりもする。ごめんなさい、ごめんなさい、とその歌子はあいつに謝る。あなたがいなくて寂しかったの、どうかしていたの、あんなひと、好きでもなんでもなかったの……と。舞台はここの母屋の寝室だ。厚志は一度だけ入ったことがある。「ななかまど園芸」に近い、つまり歌子に近いアパートに引っ越したとき、元亭主が寝ていたベッドを譲り受けることになり、軽トラでアパートまで運んだときだ。「ベッド、ほしい？」と歌子に聞かれ、厚志は頷いた。つまりそんなことを言う歌子の望みは、元亭主と彼女の過去を、厚志に上書きしてほしい、ということだと思ったからだ。そして俺の部屋に運び込んだそのベッドで、俺と歌子は寝たのだ、何度も――。

元亭主が戻ってきて以来、歌子とまともに話せていなかった。彼女のほうから電話をよこすなりアパートに訪ねてくるなりして釈明があるのだとばかり思っていたのになしのつぶてで、店ですれ違っても目を合わせない。二度、厚志は自分から彼女のスマートフォンに電話したが、どちらも「ただいま電話に出ることができません」というメッセージしか聞くことができなかった。元亭主が始終そばにいるから出られないのかもしれない。出たくないのかもしれない。ふたりで、ディスプレイにあらわれた俺の名前を見て、苦笑いしているのかもしれない。そんなふうに考え出したらもう電話できなくなってしまった。

このポスターはもう破り捨ててしまおう、と厚志は決めた。このポスターは何か気に入らない。みんなで描いているときにはいくらかいい気分でもあったのだが、今は見るたびにいやな気持ちになる。このポスターは不吉だ。なにもかもこのドクロのせいみたいな気がしてくる。

手をかけようとしたとき、元亭主がまた視界にあらわれた。あろうことか近づいてくる。あろうことか微笑んでいる。

「おはよう」

あろうことか声をかけてきた。厚志は無言で会釈した。

「昨日はすごい雨風でしたね」

レジカウンターに犬みたいに両手をかけて、元亭主は言う。厚志は黙っていた。

「ヨモギタさん……でしたよね。めずらしいお名前ですよね」

「ヨモギタ」ではなく「よもぎだ」だが、訂正する気にもならない。そもそもこいつから名前を呼ばれたくない。

「園芸店にぴったりの名前だよね。うちの七竈《ななかまど》もそうだけど。自然と、そういう名前のひとが集まってくるのかな」

今度こそ返事を期待するように、元亭主は厚志の顔をまっすぐに見た。「うちの七竈」だと？　自分の立場をアピールしているわけか。そのために俺に話しかけたのか。どういう答えを返せばいいというのか。

「なにか、ご用でしょうか」

結局、厚志はそう言った。

「いくつ？」

質問で返された。

「え？」

「あなたの歳。おいくつ？」

「……五十七ですけど」

「若いね。まだまだ若い。いいなあ」

厚志は頭に血が上るのを感じた。こいつ、どういうつもりなんだ。俺が若造だと言いたいのか。満を持して宣戦布告することにしたのか。

無言でカウンターを出て、歩きだした。このままあの場所にいたら、あいつを殴ってしまいそうだ。

建物を出るときそっと振り返ってみると、置き忘れたポスターを、元亭主が伸び上がって壁に貼り直しているのが見えた。


「ななかまど園芸」に婿入りする前、元亭主は本屋の店員だった。東京の調布市《ちょうふし》だか府中市《ふちゅうし》だかにあった本屋だ。あいつは東京生まれの東京育ちらしい。休暇をとってこちらへ来たとき、入笠山《にゅうかさやま》へ上るゴンドラの中で歌子と出会って、三年越しの遠距離恋愛を経て、結婚した。そのような経緯を厚志は歌子から聞いていた。

聞いたのはずっと以前、厚志がまだ三十代で、だから八歳上の歌子もまだ四十代だった頃だ。厚志が「ななかまど園芸」に来て五年あまりが経った頃。奇妙なことにそれは厚志にとって、ロマンチックな記憶だった。ちょうど今頃の季節だった。サルビアカラドンナの真《ま》っ直《す》ぐな黒い軸と、青紫の花穂を思い出す。その花の群生の前で話したのだった。花壇での作業中だったが、子供みたいに並んでしゃがみ込んで、ふたりとも植物に触れる手はほとんど上の空で動かしながら。俯いて、ぽつぽつと歌子は話した。厚志にとってそれは実質的に、彼女からの愛の告白だった。その数日前に自分の気持ちは伝えていた。

それで、まあね。歌子はそんな言葉で夫との馴《な》れ初《そ》めを締めくくって、厚志を見上げたのだった。今だって十分にきれいだが、あの頃の歌子の肌は、毎日紫外線にさらされる仕事をしているにもかかわらず、本当に透き通るようだった。

それで、今なぜか私はひとりになっているわけなの。面白いものね。そう言ってふふっと笑った顔がたまらなくて、厚志は思わず歌子の手を握ったのだった。サルビアの根元を縁取る、エリゲロンの白とピンクの小花の中で。歌子は緩く握り返してきて、厚志は体中の血が湯になったような感じがした。

それからふたりは、すこしずつ、本当にすこしずつ、長い時間をかけて、おっかなびっくり、ごく細心に、近づいていったのだった。いわゆる男女の関係になってても——むしろそうなってからのほうが慎重だった。歌子の家族や周囲の人間に対しては、隠そうとも明かそうともしなかったが、いつしかふたりの仲は公認のものとなり、そうなってはじめて、厚志は店の——歌子の——そばで暮らすことを決心した。それが十年ほど前のことだった。そのときから厚志は、歌子を妻だと思ってきたし、歌子にとって自分は夫であるはずだった。だがそうではなかったのか。

「レジにはあの人がいますよ」

母屋から真希が出てきたので、厚志はそう言った。まだいるのかどうか、任せていいのかどうかもわからなかったが、誰かに何か言ってほしかったのだ――この事態について。歌子ばかりでなくどうして誰も彼もがあいつを受け入れているのか。

「あの人って？」

とぼけているというのではなく、本当に誰のことかわからないように真希は聞き返した。

「戻ってきた人」

「あっ、そう？」

今度はわかったようだった。奇妙なイントネーションで真希は応じて、なぜかきょろきょろと辺りを見回した。

「それじゃ、通販の苗の梱包《こんぽう》、お願いできます？」

真希がエプロンのポケットから取り出したリストを厚志は機械的に受け取ったが、何が「それじゃ」なのかわからない。レジに元亭主が入っているなら、苗の梱包は真希がやるべきなのではないか。真希が自分の仕事を他人に押しつけるような人間でないことはよく知っているから、不満というよりは気味悪さが膨らんでくる。あいつが戻ってきてから、この家のひとたちはみんな変わってしまった。

バックヤードで作業に取りかかって間もなく、歌子が通りかかった。デニムのオーバーオールにダンガリーシャツといういつものスタイル。ほとんど白髪になった髪は小さな頭に貼りつくようなショートカットで、その上に大判のハンカチを巻いている。ハンカチは赤い地に黄色いアヒルの模様で、何年か前に厚志が面白がって買ってやったものだ。

「ごめんなさいね」

しゃがんでいる厚志の後ろで歌子は一瞬立ち止まり、そう言った。

「歌子さん」

厚志がたまらず声を出すと、

「苗の梱包、お願いしちゃって悪かったわね」

歌子はそう言って、そそくさと立ち去った。


諏訪のその店は、前を通ったことは幾度かあるが、中に入るのははじめてだった。外観はとっつきにくい感じだが、店内は家庭的な雰囲気で、居心地が良さそうだった。

姉夫婦は先に来ていた。「あっちゃん」と手を振る姉を見ると、このところずっとこわばっていた厚志の顔に自然に笑みが浮かんだ。姉には、そういう力がある。今考えれば何に反抗していたのかわからないのだが、少年期の厚志は悪かった。親たちからは早々に見放されたが、姉だけはいつも気にかけてくれていた。まともになったのは彼女のおかげだと思っている。冴子と厚志の外見は人から「そっくり」と言われる。つまり姉は美人ではないのだが、その心根を知っている厚志からすれば十分に美しく見える。

「やあ、久しぶり」

わざわざ立ち上がって手を差し伸べる義兄の聡一郎《そういちろう》も、美男ではないがいい男だ。感じがよく、えらぶったところがないのは間違いないし、姉を選び、姉から選ばれたという点だけでもそう思える。もっともこちらの感慨には、どこかそう思おうとして思っているところがあったが。

注文を取りに来た、シェフの妻らしい女性と、姉夫婦は親しげに話した。家が諏訪にあるから近いということもあるのだろうが、こういう店の常連になるような暮らしなんだなと厚志は思う。金銭面というより、夫婦仲がいいから揃って日常的に訪れることができるのだろう。タイに行ってもきっと楽しく暮らせるだろう。

ワインや前菜が運ばれてきた。

「残念ね、あっちゃんの彼女が来られなかったのは」

会話はそんなふうにはじまった。

「園芸関係って言ってたけど、お勤めの方？　職場はどの辺？」

「うん……蓼科のほう」

「どんな人なの？　美人？」

「どうかな」

「事情聴取じゃないんだからさ。答えづらいよ、なあ、厚志くん」

助け舟を出すように義兄が言うと、「そうね、ごめんごめん」と姉は笑った。

「だってもう何年も前からの恋人なのに、一度も会わせてくれないんだもの。ちゃんと人間の恋人なのよね？　まさかチューリップとか、百合の花とかじゃないわよね？」

厚志はうまく笑えなかった。姉は結局、これは今夜触れてはいけないトピックなのだという理解をしたようだった。

「そういえば、蓼科のイタリアン、閉店したんだよね」

しばらく会話が途切れたあと、メインの肉料理が運ばれてきたのをきっかけにするように、そう言い出したのは聡一郎だった。

「おいしかったのに残念よね」

冴子が応じ、それからふと思い出したように、

「『ななかまど園芸』のご主人だったのよね？　あそこにいた人」

と厚志に聞いた。このあたりの人間ならば、その辺までは誰でも知っていることなのだ。

「イタリア人に捨てられて、戻ってきたんだよ」

厚志がそれを教える成り行きになってしまった。

「え？　戻ったの？　ななかまどに？　ななかまどの奥さんは、まだお元気なんでしょう？」

「うん」

「それで、元通りに収まったの？」

「さあ。俺にはわからん。でも店をうろうろしてるよ」

「それは……すごい話ね」

厚志の口調に何かを感じたのか、冴子の反応はいくらか慎重なものになったが、

「愛というのはすごいものだね」

と聡一郎は茶化すように言った。瞬間、厚志はかっとなった。愛だと。きいたふうなことを言いやがって。何も知らないくせに。

そのあと冴子が洗面所へ立った。たぶんついでに会計を済ませてくるのだろう。厚志と聡一郎、ふたりきりになったテーブルは、それまでよりも気詰まりな空気になった。義兄が話題を探していることが厚志にはわかった。

「タイへ行っても……」

「頼みがあるんだけど」

ほぼ同時に発言した。「頼み？」と聡一郎が聞いた。

「金、貸してくれないかな」

厚志は言った。衝動的な、言葉のためだけの言葉だったが、義兄の表情が翳《かげ》るのを見て、

歪《いびっ》な喜びを覚えた。

「急だね……。いくら？」

「五百万」

「おいおい……いったいどうしたんだ？　何があったんだ？」

「じゃあ、百万でいいよ」

「何に必要なんだ」

「悪い女に引っかかったんだ。手切れ金にするんだよ」

聡一郎の顔がさらに歪《ゆが》んだ。ほとんど同時に冴子が戻ってきて、「何、男同士で内緒の話してるの？」と聞いた。

「なんでもないよ」

今夜にでも義兄は姉に話すだろう、と厚志は思った。どうしてあんなことを言ったのだろう。今夜が、姉とゆっくりできる最後の夜なのに。姉は安心して日本を離れられなくなるだろう。冗談だよ、と言うなら今しかない。

だが厚志は言わなかった。唇が動かなかった。


アパートに戻ったのは午後十時少し前だった。

最近は、帰宅が八時を過ぎることはまれだった。仕事が終わるとあとは帰るしかないからだ。

以前は歌子に誘われ家族の食卓に同席することもよくあった。歌子を軽トラの助手席に乗せて小淵沢《こぶちさわ》や諏訪まで食事に行くこともあり、そんなときは帰りに歌子はこのアパートに来た。

ひとりでアパートにいるのはつらかった。部屋の中のどこにいても、何を見ても歌子との甘い思い出がよみがえる。そもそもこの部屋は一緒に探した。連れ立って不動産屋へ行き、顔見知りでもあるその男から「おっ、いよいよですか」などとからかわれながらいくつかの物件を見て決めたのだ。テーブルと椅子二脚も、ふたり掛けの小さいソファも、寝室の壁に掛けた姿見も、鍋釜も食器も、歌子とふたりで買いにいった。部屋は、それまでの男の独り所帯とはがらりと違うものになった。ここは実質的にふたりの家だったはずなのだ。

姉たちと飲んだワインでもう十分酔いが回っていたのだが、厚志は冷蔵庫から缶ビールを取り出し、ダイニングの椅子に座って飲んだ。飲みながら、テーブルの上に置いたスマートフォンを見つめる。数を数える。いち、に、さん、し、ご、ろく、しち、はち、きゅう、じゅう。電話は鳴らない。ビールを呷《あお》り、また数える。いち、に、さん、し、ご、ろく、しち、はち、きゅう、じゅう。鳴らない。俺はまるで女子高生みたいだなと思いながら、その儀式を続ける。元亭主があらわれて以来、夜毎《よごと》の習慣になっている。今日こそ電話は鳴るだろう、鳴るはずだ、そして歌子のやさしい声が聞けるはずだ。

ビールを飲み干してしまっても電話は鳴らなかった。いつもならこれでスマートフォンを放り出して寝てしまう。だが今日、厚志は鳴らないスマートフォンに手を伸ばした。呼び出し音を数える。三回目で繋がった。

「もしもし？」

歌子の声だった。厚志はスマートフォンを握り直した。

「俺だよ」

ふるえそうになる声を抑えて、わかりきっていることを伝えると、

「うん」

と歌子は応じた。短い音節だったが、やさしい声だった。

「今、電話できるのか？」

「ええ」

「あの人は？」

「部屋にいる。もう寝てる」

「横にいるのか」

「いいえ。私が外なの。ちょうど、外に出てきたところだったの」

「いつもは一緒に寝てるのか」

「いいえ」

酔いに任せて繰り出していた言葉が、そこで途切れた。次は何を言えばいいのか。何を聞けばいいのか。歌子も黙っている。こちらから聞かなければ、何も言わないのか。何も言うこと

はないのか。

「どうなってんの？　俺たちってどうなるわけ？」

それで、厚志はそう言った。

「もう少し待って」

歌子は囁《ささや》くように答えた。

「待ってれば、俺のとこに戻ってくるの？」

「ええ、きっと」

「きっと？　きっとって何？　誰が決めるんだよ？　歌子さんじゃないのか？」

問い詰めると、電話は切れた。


「百合中毒」のポスターはレジの後ろに貼り直されて、そのうえもう二度と剝がれないようにというつもりか、四辺をビニールテープで固定され、それが赤いテープだから、いやでも人目を引く有様《ありさま》になっている。あの赤いテープを貼ったのは元亭主に決まっている。

だが、その姿を今朝はまだ見かけていない。目の隅をチラチラ横切られるのは苛立たしいが、それがないのも何か気になる。いずれにしてももう、彼が戻ってくる以前には戻れないということだと、厚志は暗澹《あんたん》とした気持ちになる。

「百合って中毒するんですか？」

不意に声をかけられた。母娘《おやこ》らしい二人連れだった。年配のほうが厚志と同じくらいだ。厚志は観葉植物エリアから出て、建物の外に出ようとしているところだった。どうして俺に聞くのだろう。俺がレジを盗み見ていることがわかったのか。

「猫には毒性があるらしいです」

言えることを厚志は言う。実際のところ、この件についてはあの日みんなでポスターを作った以外のことはしていない。百合中毒についてあらためて調べもしていないのだ。たぶんみんなそうだろう。

「毒性？　毒なんですか？　中毒じゃなくて？」

母親が大仰《おおぎょう》に眉をひそめた。

「ほらっ。早くタカシさんに電話しないと。ノンちゃんなんでも口に入れるから」

「猫に毒ってことでしょ？　ね、そうですよね？　人間が食べても大丈夫なんですよね？」

娘らしきほうに問われて、厚志は言葉に詰まった。自分もこの前似たようなことが不安になったが、そもそも人間は百合を食べないだろう。

「あまり食べないほうがいいとは思いますが」

「ほらっ」

「食べるっていうか、花粉が口に入っちゃうとか、それくらいでもだめなんですか」

「小さいお子さんがいらっしゃるなら、念のために手が届かないところに置いたほうが……」

「そうですよ、早く電話しなさい」

「いないかもしれないのよ」

「いないって、ノンちゃんを置いてどこかに行ってるの？」

「ノン連れて出たかも。そういうことよくするのよ。そういうとき電話に出ないの、あのひと」

「なんで……」

母娘で言い合うとふたりの声は大きくなり、表を通る客が何事かという顔で覗き込む。俺はもう立ち去ってもいいだろうか。よくないとしても立ち去ろう。そう決めてそろそろと歩き出すと、「おい！」と後ろから呼び止められた。

ぎょっとして振り返ると、つかつかと近づいてくるのは義兄だった。言い合っていた母娘まで、異形のものがあらわれたかのように彼を見ている。

「ちょっと、いいかな。用件を済ませたらすぐ帰るから」

聡一郎は厚志の肩を押し、外の柱の陰に促した。

「これ。五十万あるから、とりあえず」

デイパックのポケットから出した封筒を、義兄は厚志に押しつけた。

「これでなんとかなるならありがたいけど、だめなら、メールなり電話なりくれ。できるかぎりのことはするから」

「いや……」

厚志は封筒を押し返した。それを、義兄は再び厚志に取らせようとする。

「冴子には何も言ってないから。俺たちだけのひみつだ」

「いりません。すみません。俺が悪かったです」

「困ってるんだろ？　大丈夫だよ、そんなに無理した金じゃないから」

「いいんです。すみません、すみません」

厚志はあやまるしかなかった。くだらない嘘を吐き必要もない金を無心した理由を、どう説明すればいいのだろう。しょうもない弟がいると知らしめて、姉夫婦の仲を壊したかった。あわよくばタイには義兄ひとりで行くことになってほしかった。一瞬、そんな、それこそしょうもない考えが浮かんだことを、今ここで打ち明けるべきだろうか。

そのとき不意に、元亭主の姿が視界を過った。駐車場のほうへ足早に歩いていく。いたのか、と思い、何をこそこそしているんだ、と思う間もなく、その後ろに歌子がいるのが見えた。追いかけている。近づいていく。元亭主の腕を取り、振り向かせる。

黒い――あるいは、百合の花粉の中に頭を突っ込んだかのような――絶望感が厚志を襲った。何があったのかわからないが、彼女はあきらかに元亭主に追い縋っている。

「本当にいらないんです、義兄《にい》さん」

目の前の男に目を据えて、厚志は言った。彼のことを「義兄さん」と呼んだのはこれがはじめてだった。

「悪い女とはもう縁が切れたんです。彼女はいなくなりました」

そして再び駐車場のほうへ視線を戻すと、実際、元亭主も歌子もすでに姿が見えなかった。

4

寂れた場所だとわかっていたが、久しぶりに行ってみると思っていたよりもずっと寂れていた。そこは湖の少し手前の、崖に張りついて建っているログハウスふうのレストランだった。「レストランポパイ」という看板はまだ掛かっていたがひどく傾いていた。木と石で組まれた階段は片側がブルーシートで覆われて、シートの上には油性マジックの大きな字で「危険」と記されていた。

事務所で遥にその店のことを説明するとき「昔ふたりでグラタンを食べた店だよ」と池内は小声で言った。昔。つまりそれは三年前だ。昔というほど昔じゃないと思うべきなのか、それとも素直に昔と認めたほうがいいのか、よくわからない。三年前、付き合いはじめて間もなくの頃。池内とこんなところまでやってきたのは、ここなら知り合いに会う危険もなくて、人目を気にせずに寄り添えたからだった。池内がそうしたがった。そのことが遥は嬉しかった。あの頃は毎日が楽しくて、不安なことは何もなかった。その店のグラタンがおいしかったのかどうかは正直なところ覚えていなかった。客が自分たちだけしかいなかったことは記憶にあるが、それでも三年後にこんな有様になっているなんて想像もしなかった。

気をつけながら階段を上がって入口の呼び鈴を押すと、中から「はあい」という、やわらかすぎるような男の声がして、待っていたのは遥と同じ年頃に見える、声の印象そのままの男性だった。美男と言っていい顔立ちだったが、女性ものというよりは子供ものみたいな感じの、動物の絵がついた赤いTシャツや、華奢《きゃしゃ》すぎる体軀《たいく》のせいで、奇妙な印象のほうがまさっている。池内設計事務所の七竈です、と名乗ると男性は微笑んで、飯星《いいぼし》です、どうぞよろしくお願いしますと応じた。売りに出されていたこの店を買ったのが彼で、飲食店ではなくアトリエと、そこで作ったものを売るちょっとしたスペースとに改装したいという依頼だった。リフォームの予算が三百万円と少額なので、池内ではなく遥が担当することになっていた。

「こんなの作ってるんですよ」

まだ以前のままになっているテーブルのひとつを挟んで向かい合い、遥が差し出した名刺を受け取ると、飯星はあらためて立ち上がり真っ赤なボストンバッグを持って戻ってきて、フェルト製の小さな動物や人形や、ポーチなどを取り出して見せた。

「アトリエで作って、ときどき売って、ときどきお茶やケーキなんかも出せたらなとか、考えてるんですよ」

「すてきですね」

商売になるのだろうかと心配になったが、とりあえず遥はそう言った。

「ここはとってもいいところですね。僕の理想にぴったりだ」

「はあ」

「この物件を、僕がどうやって見つけたと思います？」

「不動産屋に行くとか、ふつうの方法ではないということですね」

「日本地図を床の上に広げて、その上に立って、目をつぶって赤いペンを落としたんです。赤い点がついていたのが、ここだったんですよ」

「へえ……」

「信じてませんね。でも本当の話なんですよ。正確に言うと、ここじゃなくて湖の上だったんですけど」

「ご予算内だと、ご希望の全部はむずかしいかもしれません。優先順位をつけていただけますか」

話の先を急ぐと、飯星は傷ついた顔になった。微かに気が咎《とが》めたが、取り繕う気持ちにもなれなかった。目の前にいる男の能天気さには、苛立ちしか感じない。

厨房《ちゅうぼう》の備品の撤去、小さなキッチンの新設……と、飯星が挙げたことを手帳にメモしていると、傍《そば》に置いたスマートフォンが振動した。池内からであることをたしかめて、「ちょっとすみません」と店の外に出た。今日の夜は久しぶりにデートすることになっている。その打ち合わせだろうと思った。

「どう？　そっち」

　という池内の第一声を聞いた瞬間に、いやな予感がした。三年前が昔であるかどうかはともかくとして、相手の声のトーンや用件の切り出しかたで、ある程度のことがわかるようにはなっている。

「今、打ち合わせ中。大丈夫だと思うけど」

　そう答えると、

「思う？　思うじゃ困るな」

と池内は叱責《しっせき》する口調になった。ああやっぱり、と遥は思う。「攻撃は最大の防御なり」が彼のやりかただ。

「まあいいよ、あのさ、今夜だけど、行けなくなった、悪い」

「どうして？」

「理由は言いたくないんだ、今」

「はあ？」

　さすがにムッとして声を上げると、「それ、やめてくれよ」と池内は言った。

「きらいだって言ってるだろ、その〝はあ？〟っていうの。やめたほうがいいよ、すごく頭が悪い女に見えるから。じゃあ」

通話が切れたスマートフォンを握りしめて、遥は意味もなく辺りを見回した。観光地であることをやめてから久しい湖畔の町は、六月の曇天《どんてん》の下で薄く埃《ほこり》をかぶったようにくすんでいた。

ランチに何か作りますよという飯星の申し出を断り、ジムニーを駆って事務所に戻ると、昼休みはもう終わっていて、池内も、経理担当の夏実《なつみ》も所内にいた。おかえりなさーい。夏実があかるい声を響かせると、お疲れ、と儀礼的に池内も言った。

「ちょっと出てくる。戻らないかもしれないから、何かあったら携帯に電話入れて」

誰にともなく、池内は言う。それもなんだか、遥が戻ったから自分は出ていくというふうに聞こえた。

「何？　あれ」

池内がいなくなるとすぐ、夏実が遥のデスクへやってきた。さあ？　というふうに遥は首を傾《かし》げてみせた。

「午前中、なんかあったの？」

さりげなく探りを入れる。昨年からこの事務所で働いている夏実は、遥よりひとつ下の既婚者で、遥と池内の関係には気づいていない。

「スマホに電話が入って、長い間外で喋ってたけど」

夏実は言う。

「ふーん。奥さんと喧嘩《けんか》でもしたのかな」

遥はそう言ってみる。

「かもね。とにかくそのあと戻ってきてから、ずーっと不機嫌だったのよ。話しかけてもろくに返事もしないし。一度なんて、少しは自分で考えられない？　とか言われちゃったし。そのあとまた電話かけに出ていったし。私のいる前で電話しないってことは、プライベートでなんかあったんだろうね。どうでもいいけど、職場に持ち込まないでほしいよ」

「そのあとまた電話かけに」行ったのは私にかけてきたときだろう、と遥は考える。でも、最初の電話は違う。やっぱり奥さんからだろうか。喧嘩をしたのだろうか。でも以前なら、奥さんと喧嘩をしたときには私に愚痴《ぐち》交じりにそのことを報告したし、そのあとはむしろベタベタしてきたものだったのに。

その日、池内は結局戻ってこなかった。遥が彼の姿を見たのは夜だった。仕事を終えて自分のアパートに帰る途中、カフェにいるのを見かけた。

街灯がない山の道で、灯《あか》りがついている場所は目立つ。白樺の幹と枝を組んで作った鹿のオブジェが二体置かれた前庭の向こうの、壁一面に大きく取ったガラス窓が、くっきりと四角く輝いていた。その四角の中に池内がいるのが見えて、遥は思わず車を停めた。池内は妻と向かい合っていた。青いギンガムチェックのクロスをかけたテーブルの上にはワインボトルがあるのが見え、テーブルの中央で、池内が妻の手を取っているのが見えた。

翌日、池内は事務所に来なかった。

「家庭の事情」で休むという連絡を夏実が受けたそうだ。遥は終日、事務所にこもって仕事をして、翌日は自分のアパートからまっすぐに飯星のところへ向かった。

フロントガラスに、小雨がみっしりと張りつく。ワイパーがそれを拭き取っても、視界はどんよりと曇っている。飯星が建物の外で何かしているのが、車の中から見えた。プランターを並べ、何か植え込んでいるようだった。

「ナス、キュウリ、ピーマン、イタリアンパセリ、香菜」

車から降りた遥に飯星は愉《たの》しげに教えた。苗はどれも青々とした葉を繁らせていた。でも、きっと次々に枯れてしまうだろうと遥は思った。飯星に野菜を育てる能力があるようには思えない。

今日の飯星はボロボロのオーバーオールに黄色いTシャツという出で立ちだった。淹れてくれたチャイはやや甘すぎたが、おいしかった。遥は昨日まとめたプランをテーブルに広げて説明した。うん。うん。うん。飯星は一項目ごとに頷いたが、ちゃんと理解しているのかどうか怪しかった。

「優先順位をつけるとすると、エントランスでしょうか？　それともキッチンなのかな」

「優先順位をつけるとすると、ちょっと僕の提案を聞いてもらえますか。昨日、ずっと考えてたんですけど」

「はい？」

「えっと……あなたのお名前、何ておっしゃいましたっけ」

「七竈です」

「あっ、そうそう七竈さん。めずらしい、すてきなお名前だったんですよね。どうして忘れたんだろう」

遥は苛々しながら続きを待った。「僕の提案」はこの前もう聞いている。そのうえでプランを練って来たのだ。あらためて何か付け加えるということだろうか。

「あの、七竈さん。あなた、ここで僕と一緒に暮らしませんか」

「はあ？」

冗談のつもりだろうか。冗談を言うような——というか、言えるようなタイプには見えないが。

「昨日ずっと考えてたんです、あっこれはもう言いましたよね、つまり、昨日ずっと考えてたのはあなたのことなんです。ここ、ひとりで住むにはちょっとさびしいなと思って。お店もひとりじゃ大変だし。誰かいい人いないかなと考えたとき、ぱっと浮かんだのがあなたなんです」

「えーと……」

「僕はゲイです」

飯星はニッコリ笑った。いかにも可愛《かわい》らしい、用意していたのを取り出したような笑顔だった。

「だからその点は安心して。口説いてるわけじゃないから。まあ、ある意味では口説いてるんだけど、恋人になってほしいとか、結婚してほしいとかじゃないから。どうだろう、あなた、七竈さん。今の仕事辞めて、あたらしいことはじめてみませんか。突飛な提案だってことはわかってる。でも、あなたにだから言うんだ。あなたなら、ＯＫしてくれる気がして」

「どうして?」

文字通りの「呆れて物が言えない」状態だったが、遥はどうにかそれだけ聞いた。

「どうしてって?」

「どうして私ならＯＫするって思えるんですか?　私の名前すら覚えてなかったのに」

「なんか、同じ匂いを感じるんだ」

「ははっ」

遥は笑った。思わず出た声だったが、その声の響きに自分でげんなりした。チャイのカップは遥のが黄色、飯星のが濃いピンクで、それぞれに八〇年代ふうのレタリングで「COFFEE」「SOUP」という文字がプリントされていた。壁にはキノコの植物画のポスターがあたらしく貼ってあった。それらのすべてに遥はげんなりし、今ここでギャーッと叫んでカップを床に叩

きつけ、ポスターを引き剝がしてビリビリに破いたら、どんなにすっきりするだろう、と考えながら、

「お断りします」

と力なく答えた。


遥が自分のアパートで使っているコーヒーカップは、かつて池内からプレゼントされたものだ。

彼がこの部屋に来るようになってすぐ、持ってきてくれた。モダンでシンプルなデザインの白いカップ&ソーサーで、アラビアのビンテージだと言っていた。池内と恋仲になってはじめて「アラビア」や「ビンテージ」が遥の人生に実質的に存在するようになったのだった。

そのひと揃いを、遥はキッチンの吊《つ》り戸棚の中から取り出す。その横には小花柄の湯呑みがある。こちらは実家から持ってきたものだ。家族ひとりひとりが自分用の湯呑みと茶碗《ちゃわん》を持っていて、何年かに一度、松本のデパートへ行って好きなものを新調してもらうのが楽しみだった。

そういえば遥が覚えている父親の湯呑みは、黄土色《おうど》っぽいごつごつした陶器だった。あれはどうなったのだろう。父親がいなくなった後、湯呑みも見かけなくなった気がする。今でも食器棚の奥のほうにあるのだろうか。

そんなことを考えながら、コーヒーメーカーを作動させるのとほぼ同時に、呼び鈴が鳴った。

「やあ」

黒いTシャツの上に黒いジャケットを羽織った池内は、ドアを開けた遥から一瞬、身を引くようにした。いきなり抱きつかれることを警戒するかのように。今日、飯星のところから帰る途中で、池内からLINEが来た。今日、行ってもいい？　OKと遥は返事をしたが、甘い期待が持てないことはそのときからわかっていた。事務所に戻ると池内はもう帰ったとのことで、結局、今日会うのはこのときがはじめてだった。

「飯、食った？」

「まだだけど……」

午後八時過ぎだったが、池内が何時に来るのかわからなかったから、まだ食べていなかった。

「食ってないのか。じゃあ悪いけど、もう少しがまんしてくれるか。話をしたらすぐ帰るから」

「池内さんは食べてきたの？」

「食欲がないんだ」

「何があったの？」

そう聞いたとき、おかしな話だが、遥はとりあえず安堵《あんど》していた。池内には何か心配事があるのだ、と。その心配事が何なのかはわからないけれど、私につめたく当たったのは、私のせいではなかったのだ、と。あとから考えれば、それこそ甘い期待だったと言うほかなかった。

「もう君と付き合うのはやめようと思うんだ」

と池内は言った。

今日も飯星との打ち合わせ——遥が出したプランを飯星がひと晩検討して、返事をくれることになっている——があるので、遥はアパートから湖に向かってジムニーを走らせている。小雨。さっき事務所にその旨の電話を入れた。池内が出て、「はい、わかりました」と答えて、電話は切れた。

昨日、話し終わるとそそくさと帰って行った池内。遥は話の途中で、抽出されたコーヒーをカップに注いだが、ふたりともカップに口はつけなかった。冷めたコーヒーは今もテーブルに置きっぱなしになっている。

「妻のそばについていていてやりたいんだ」

ワイパーが動くリズムに被《かぶ》さるように、池内の声がよみがえる。池内はたしかに心配事に囚《とら》われていて、その心配事とは妻にかんすることだった。婦人科の検診で、がんを疑う結果が出たのだそうだ。これから精密検査をするのだという。妻は動揺している。死にたくないと言って毎日泣いている。

「なんかさ、バチだって気がするんだよね」

と池内は言った。

「俺が君とこういうことになって……もちろん妻は気づいていないよ。ただ、まったく何もわかってなかったわけじゃないと思うんだ。俺の態度から、何か伝わるものもあったんだろう。そのせいだって気がするんだよ、おかしな細胞が出てきたのは。だからもうやめる。妻を病気にしたくない」

「それって……」

遥が言おうとするのを遮って、

「自分のせいで妻を死なせたくないんだ」

と池内は言った。それでもう、遥は何も言えなくなってしまった。池内は動揺していた。実際のところ、妻本人よりも動揺しているのではないかと遥は感じた。動揺しすぎていて、遥の気持ちを気遣うとか、せめてうまくごまかすとか、そういう努力もできなかったのだろう。

今、遥の頭の中にも小雨が降っているみたいだった。傘が必要なだけの雨量はあるが、傘をさしたところで体がじっとり湿るような雨。もちろんいい気分であるはずもないけれど、ものすごく悲しいというわけでもなかった。

こんなふうに終わるんだなあ、と思っていた。どちらから、どんな状況下で、どんな言葉によって終わるのだろうと、頭の片隅でこのところずっと考えていたような気がするが、こんな終わりかただとは思わなかった。池内の妻が理由の中に登場するかもしれないとは思っていたが、バチなんて言葉が出てくるというのは予想外だった。

父が戻ってきたときに、終わりの予感は生まれた気がする。いや、父が戻ってきたときから、私は池内のことが本当に好きなのだろうかと、考えはじめた気がする。

三年前、アプローチは池内からだった。打ち合わせとか現地見学とかショールームを見に行くとかで、妙にふたりきりになる機会が多いなと思っていたら、ある日——そうだ、ちょうど今と同じ道を走っているとき、池内が運転する車は展望台へあがる道へとそれて、そこで抱き寄せられて、キスをした。あのとき感じたのは何よりも達成感だった気がする。池内が結婚していることも、自分が彼と結婚できるかどうかも、あのときはどうでもよかった。重要なのは、池内のような男から自分が求められた、ということだった。その喜びと自負。それまで何も持っていなかった自分にとって、池内はあたらしい、素敵な持ち物だったのかもしれない。だからといって、恋ではなかったとも言い切れない。純粋な恋ではなかったかもしれないが、そもそも純粋な恋というのがどんなものなのか、純粋な恋であるためにはどんな条件が必要なのかもわからない。

スマートフォンは助手席に置いていた。誰かから電話がかかってきたとき、すぐに相手がたしかめられるように。それはつまり池内からの電話を待っているせいかもしれず、そんな気分は恋っぽかった。そのスマートフォンが鳴り出した。はっとして目を落とすと姉からだったのでがっかりする。しかし姉が仕事中に連絡を寄こすのはめずらしい——前回は、父親が突然戻ってきたときだった――から、遥はちょうど差しかかった日帰り温泉施設の広い駐車場に車を入れて、切れた電話にかけ直した。

「蓬田さんがやめるっていうのよ」

姉はいきなりそう言った。

「やめるって……何を？　店を？」

「そう。なかなかまどを辞めるって。仕事が決まったら、引っ越しもするって。どうしよう。私の説得じゃ聞いてくれないのよ。お母さんは他人事《ひとごと》みたいにしてるし」

「何も対処してないってこと？」

遥は聞いた。雨が少し強くなってきたようだ。隣に停まった車から、ちょうど父親と母親くらいの年回りの男女が出てきて、ひゃーっと嬉しそうな声を上げながら建物に向かって走っていく。

「引き止めてよって頼んでも、私が言うことじゃないでしょって」

「そういう態度なんだ、お母さん。じゃあもうしょうがないんじゃない？」

そういえばここには一度、池内と来たことがあった。施設の中で手作りの豆腐を売っていることを彼が知っていて、買って、車の中で食べたのだった。恋っぽい記憶。

「あんたまでそんなこと言って……」

「だって、お母さんはお父さんを選んだってことでしょう？　だとしたらあたしたちが蓬田さんにどうこういう権利はないよ」

「だって、お父さん、いないのよ」

「いない？　いないって？」

「出ていっちゃったみたいなのよ、また。あのイタリア料理のお店に戻ってるみたいなの」

「なんで？」

「私にわかるわけないわ。お母さんにも聞けないし」

「聞きなさいよ」

姉はブツブツと言い訳して、電話を切った。


「レストランポパイ」の前に車を停めて、壊れかけた階段を上がった。呼び鈴を押したがいつまで待ってもドアは開かず、何度かノックしてからノブを回してみると、それはするりと開いた。

「こんにちは」

何度か繰り返し声を放ってもやはり応答はなく、そろそろと歩いてみたが、食堂にも厨房にもその奥の小部屋にも飯星の姿はなかった。昨日、ばかげた提案を遥が断ると、そうですか、そうですよねと飯星は微笑みながら頷き、そのあとは前日通りの打ち合わせになった——あいかわらず理解しているのかしていないのか覚束《おぼつか》ないやりとりではあったけれど。

どうしようか迷った末に階段を上がり、二階のふた部屋を覗いた。リフォーム前のこの家に、飯星はまだ住んではいない。だが電気や水道やガスは使えるようになっているし、リフォームの打ち合わせのために今月いっぱいは滞在すると言っていた。畳んだ布団は前回同様に一室の隅に置かれていたが、赤いボストンバッグや服などは見当たらなかった。

もうひと部屋の埃が積もった床の上には、日本地図が落ちていた。屈《かが》み込《こ》んで見てみると湖だけではなくて、あちこちに赤いペンの色がついていた。深夜、電気もつけずにこの地図の上に立って、繰り返し繰り返し、赤いペンを落としている飯星の姿が目に浮かんだ。飯星は今どこにいるのか、いったいどういうつもりなのか。そもそも本当に彼はこの物件を買ったのかという疑念さえ浮かんできたが、とにかく地図はなんらかの置き手紙みたいに見えた。それから、「同じ匂いを感じるんだ」という飯星の言葉を思い出しもした。

事務所に戻るつもりだったが、気がつくとべつの道を走っていた。

建物が見えてきて、スピードを落とす。店の横手の駐車場には白いレンジローバーが一台停まっている。その横にジムニーを停めた。ここへ来るのは中学のとき以来だった。大通りから一本入った場所にあるから、来ようと思わなければ通りかかることもなかった。

「シラクサ」の看板の下に「閉店のお知らせ」の貼り紙があった。「長い間のご愛顧ありがとうございました。一身上の都合によりシラクサは閉店します。寂しいですが、シラクサを愛してくれた皆様の幸せをお祈りします」とある。それが父親の字であることに遥は気づいた。きっと日本語の読み書きが達者ではないイタリア人の女シェフに代わって書いたのだろう。店内には灯りがついていた。正面扉に嵌《は》め込《こ》んだガラスの向こうに人影が見えて、父親がいることがわかった。

彼に会うつもりでここまで来たのだが、遥は車を発進させた。今会ったら、怒りながら泣いてしまいそうな気がした——彼が戻ってきた日にも泣いたが、あんなものじゃなく、わんわん声を出して。怒る前にそうなってしまうかもしれない。そうなったら、ただ泣くために来たことになってしまう。

5

駐車場の風景が何かいつもと違うような気がする。置いてある車のせいか。そうだ、義父の車がないせいだ、と祐一は気づく。白いレンジローバー。あの男にはあらゆる意味で似合わない車だと、見るたびに思っていた。イタリア女の趣味だったのだろうか。あんな高級車を買い与えられるほど一時は甘やかされていたということだろうか。結局、捨てられたわけだが。

それにしても、義父のレンジローバーがここに置いてあったのはほんの二ヶ月ほどなのに、それがなくなって違和感を覚えるというのも奇妙なものだなと、祐一は考える。いや、奇妙というなら、義父が再び出ていってからもう二週間あまりが経っているのに、今日はじめてレンジローバーの不在を意識したことか。

それで何となくあらためて辺りを見回すと、南側を仕切る花壇の臙脂《えんじ》色が目に留まる。ヘメロカリスだ。あの色のせいかもしれない。品種によって開花の時期が違うのだが、どこか毒々しい花色のあれらが、梅雨明けの青空の下で今は盛りを迎えている。今朝いっせいに咲いたのだろうか。昨日まではたしかにあそこにあの色は見えなかった。猫を殺す花。「百合中毒」のポスターを描いて以来、この花を見るたびにその言葉が頭に浮かぶ。冬が寒すぎるせいか、この辺りでは野良猫というものをほとんど見かけない。だが、一匹もいない、というわけでもないだろう。というか、見かけないのはヘメロカリスのせいではないのだろうか。

「いなくなっちゃったみたいなの」

軽トラにキーを差し込んだところに、ふいに声をかけられて、祐一は飛び上がりそうになった。振り返ると妻の真希が立っている。眉間《みけん》にうっすら皺を寄せて、思いつめたみたいな表情で。いつもそうなのだ、この女はいつだって、俺が軽トラにキーを入れるのを見計らってこういう顔で声をかけてくるんだ。

真希の眉間の皺が深くなった。

「ごめん」

祐一は慌ててそう言った。

「ごめんって何が？」

「あ、いや……なんでもない。ちょっと考えごとをしてて」

祐一はモゴモゴと言った。実際には、心の中の舌打ちが妻に聞こえたような気がしたのだった。

「で？　何？　いなくなっちゃたって、何が？」

苛立ちが声に出ないように気をつけながらあらためてそう聞くと、

「父よ」

と真希は答えた。父に決まってるでしょう、という顔で。

「だから……出ていったんだろう？　イタリア料理の店にいるんだろう？」

なぜこの話を今しなくちゃならないんだろうなと思いながら、祐一は言った。

「違うのよ、あっちの家にもいないみたいなの」

「訪ねていったのか」

つい詰《なじ》るような口調になると、真希は険しい顔で首を振った。

「たまたま通りかかったのよ。ちょっと気になって覗いてみたの。なんだかへんな予感みたいなのがあって……。車はあったんだけど、父はいなかったの。車があるのにいないって、へんじゃない？」

祐一はちらりと腕時計を見た。こうしている間に、貴重な時間がどんどん削られていく。

「散歩に行くことだってあるだろう」

「だって、二度ともそうだったのよ。時間帯も違ったのに」

「二度も行ったのか」

「一度目がへんだったから、もう一度行ったのよ」

「旅行でも行ってるんじゃないのか」

「そういうのじゃないような気がするのよ。それでね、さっき遥から電話があって、彼女も同じように思ってるの。車があるのに、いないって。へんだって」

「チッ」

今度こそ祐一は実際に舌打ちしてしまった。話がいっこうに終わりそうもなく、というより真希に終わらせる気がないように思えたからだ。真希が目を見開く。これまで、妻の前で——たぶん誰の前でも——舌打ちなどしたことはなかった。

「これまでずっといなかったひとじゃないか。今さら、何日かいなくなったってさ……」

口調をやわらかくして祐一は言った。そうよね、と真希は頷く。

「ごめんなさい。出かけるところだったのに」

「いや……。俺も通りかかったら覗いてみるよ」

「どっちのほうへ行くの？　ハート美容室だっけ、今日」

「そう。じゃあな」

また苛々してきそうだったので、祐一は妻を振り切るようにして車を発進させた。


通りに出てすぐ、車の窓を開けた。

三時前に出たかったのに、妻と話していたせいで三時を過ぎてしまった。

日陰がない道で、日差しが眩《まぶ》しい。ハンドルにかけた腕がジリジリ焼かれている。この町は暑い、と祐一は思い、そう思ったことにびっくりする。暑いなんてはずがない。標高千メートルを超えているのだ。東京に比べたら、ずっと涼しいはずだ。そうだ、暑くなんかない。ちょっと気温が高いという程度だ。

東京の夏は暑かった。あの暑さは異常だった。ひどいものだった。

自分に言い聞かせるように、祐一は思う。東京は、夏じゃなくても暑かった。東京といったって自分の勤務地は都下でビルより緑が多い地域だったが、それでも春も秋も、冬でさえ、紺の背広と水色のワイシャツの下で俺はじっとりと汗をかいていた。外貨預金や投資信託のパンフレットをぱんぱんに詰め込んだブリーフケースを荷台にくくりつけた自転車を漕《こ》ぎながら。

ある光景を思い出す。あのときは正真正銘の夏だった。夏真っ盛りだった。銀行から住宅地へ向かう大通りで信号待ちをしていたとき、向かい側の歩道で自転車と男がぶつかった。Tシャツに半ズボンという下着みたいな格好でひょこひょこ歩いていた初老の男を、自転車が後ろから追い抜こうとして接触したのだ。男は転倒し、自転車はそのまま車道に出て走り去った。

自転車には当時の祐一と同じくらいの年頃の女が乗っていた。黒いブラウスと黒いヒラヒラしたスカートは、喪服みたいに見えた。振り返った女の顔を祐一は見てしまった。塗り絵を思わせるほど厚ぼったい化粧をした、困ったような、倦《う》んだような、暑くてたまらないといったような顔。あのとき祐一は、女の行為を裁こうとは思わず、倒れた男を助けるために道を横断したわけでもなかった。男を気の毒に思うよりも、むしろ女のほうに同調したのだった。暑い。

俺も暑い。そう思った瞬間、暑熱が自分めがけてうわっと襲いかかってきたような気がした。もう耐えられないと、あのときにはっきり自覚したのだ。だから銀行を辞めた理由は、「暑すぎたから」だと自分では思っている。だが、そんなことを言ったら頭がおかしいと思われるから、うつ病だということにした。

ハート美容室が見えてきた。祐一は車のスピードを僅《わず》かに緩めたが、停車はしなかった。アプローチ両脇の花壇では、咲きはじめたアナベルの花穂のいくつかが自分の重みでうなだれていて、去年の剪定《せんてい》が強すぎたかと考えるが、なんとかしてくださいと連絡があったわけではないから、勝手に刈り込むわけにもいかない。あるいは今日の帰りにちょっと寄って、声をかけてみてもいいし、咲いた花を切るのを先方がいやがったと真希にはとりあえず説明してもいい。

そんなふうにアリバイの算段をつけて、とりあえず自分を納得させると、車のスピードを上げた。景色が流れていく。逃げていく自転車の女のことがまた浮かんで、それから、さっきの自分の言葉を思い出した。これまでずっといなかったひとじゃないか。義父のことをそう言ったのだ。実際のところ、義父と言ったってピンとこない。真希の父親がイタリア料理店にいることは結婚したときから知っていたが、七竈家の者にとってはあの店はこの世に存在しないも同然であるという空気も同時に感じていたから、訪れたことは一度もなく、当然義父と面と向かって顔を合わせたのも、彼が突然戻ってきた日がはじめてだった。

これまでずっといなかったひと。そうだ、義父というよりその呼称のほうがぴったりくる。

祐一はそう考えてみるが、心を占めていたのは義父のことではなくその言葉自体だった。たとえば家の外に恋人を作っても、そのことが家族にばれなければ、その男は「ずっといた」ことになるのだろうか。男の心が妻ではなくほかの女のうえにあっても、家を出ず家族と暮らしていれば、彼は「ずっといた」と言えるのか。

緩やかな坂道を下り、祐一はペンション村へと入っていく。夏休みに入ればそれなりに賑《にぎ》わうが、本格的なシーズンにはまだ少し早いし、今日は休日でもなく、レストランのランチタイムもすでに終わっているから、村内は閑散としている。多くのペンションではガーデニングに精を出していて、今はバーベナやフロックスやスカビオサなどで花盛りだ。「ななかまど園芸」が管理している庭も幾つかある。だから家を出る言い訳としては、ペンション村へ行くというのがいちばん簡単なのだが、この場所の名前は妻に向かって口に出したくないという気分がある。ようするに俺がここへ来ようと思うとき、ここは俺にとっての「ひみつの花園」になるのだ、と祐一は思う。

分かれ道に示された「自家製ソーセージとスープの店」の看板の矢印の方向へ進む。だがその店は閉まっている。たまたま閉まっているのではなくて、祐一がここへ来るようになったときには営業をやめてすでに何年も経っていた。隣のソーセージ工房を閉めたのはもう少しあとだと聞いた。「もう少し」というのが何年あとだったのか、あるいは何ヶ月あとだったのかはわからないが、茅野《ちの》のカラオケスナックでたまたま知り合った男にとっては、同時にやめたわけではないということが重要であるらしかった。あのとき聞いた話が本当なら、今は彼の妻の郷里である名古屋で、ラブホテルのオーナーになっているはずの男だ。それがいやだからここまで逃げてきたんだけど、結局逃げられなかったなと言っていた。

その男から借りている鍵で、祐一はソーセージ工房の引き戸の鍵を開ける。空っぽのショーケース――ビニール製のローズマリーの枝だけがぽつんと取り残されている――が置かれた売り場を通り抜け、奥にあるドアを開けると、その向こうにかつて工房だった場所がある。いつものようにまず、燻製《くんせい》の残り香が鼻腔《びこう》に届く。すべての窓に茶色い厚ぼったいカーテンが引かれているので、昼間でも暗く、ひんやりしている。誰もいるはずがないその暗がりの中で動くものがあったので、祐一は棒立ちになった。

「だーれー？」

相手はとくに驚いた様子もなく、物憂げにそう聞いた。目が慣れてくるにつれ、それが初老の女だということがわかる。いや、赤っぽい茶色に染めた、プードルみたいな髪の毛のせいでそう見えるが、皺だらけの顔は初老というよりは正真正銘の老婆かもしれない。

「ここを……借りていて。ここに……荷物を置いていて」

しどろもどろに祐一は答えた。女はのそりと立ち上がる。縦横の比率がおかしいんじゃないかと思えるほど太った女で、形も柄も着物みたいに見える上っ張りをズボンの上に羽織っている。

「あんたー、『ななかまど園芸』のひと?」

「はい」

　コクリと頷いてしまってから、あっさり明かしたことを後悔した。そもそもどうしてこの女に俺の素性がわかったのか。作業着だけでそれと判別できるはずもないのに。

「ヨウイチから聞いてるよ」

　女はにやりと笑った。名前まで覚えていなかったが、鍵を貸してくれた男のことだろう。怒りがこみ上げてくる——この取り決めのことは、誰にも言わないと約束したのに。

「あんたのことは聞いてるから。あたしのことは気にしないで、勝手に持ってって」

　追い討ちをかけるように女は言った。

「奥さんは、何をしてらっしゃるんですか、ここで」

「奥さんなんて言われちゃった。ここ潰す前に、使えるものを探しに来たんさ」

　ヒヒヒヒと笑いながら女は言った。

「潰すんですか、ここ」

「こんなあばら家、いつまでも持っとける余裕はないもんね。あんたも大事なものは除《の》けとかないと、一緒に潰されちゃうよ」

　そんな話は聞いていない。たいした金ではないにせよ、一年ぶんの賃料を男に払っているのだ。

だが女とこれ以上やりとりする気になれず、祐一は女の横をすり抜けてロッカーへ向かった。元は従業員が私物を入れるためのものだったと思われるが、そのひとつに祐一は自分で南京《なんきん》錠《じょう》を取りつけていた。用心しすぎかとも思っていたが、そのままだったら間違いなくあの女に中を探られていただろう。

解錠し、扉を開いて、ケースを引っ張り出す。振り向かなくても女にじっと見られているのを感じる。できるだけそれとわからない、目立たないケースを選んだつもりだったが、大きさはどうしようもない。肩にかけ、ここを出る前に女に何か言うべきだろうかと迷いながら振り向くと、「なにそれ、死体でも入ってんの?」と女のほうから声を放った。

「はは」

と祐一は笑い返した。もう何も言わず、何か言われても無視してさっさとここを出ようと決めたとき、あっと気がついた。自分は鍵を開けてここへ入ってきたのだ。あの引き戸の鍵は内側からは閉められないはずだ。

「どうやってって、ここに入ったんです?」

「どうやってって、あんた」

女は体をずらして、自分の後ろを示した。通路の先にドアがあった。おそらく以前はその前に何か荷物が重ねてあったのを、女がどこかに取り除けたかずらすかしたためにドアが見えるようになったのだ。それは薄く開いていた。

「鍵をお持ちだったんですか」

と祐一は聞いてみたが、

「鍵なんか、あんた」

と女は答えて、ヒヒヒヒ、と笑った。


車までの短い距離を歩く間に、ケースがずしりと重くなった気がした。

こんなに重いものだっただろうか。知らぬ間に中身が入れ替えられていて、あの老婆が言った通り死体が入っているのかもしれない。

開けてたしかめてみたいという衝動に見舞われながら、開けてしまえばそのバカバカしい妄想が現実になってしまいそうな気がして、祐一はケースを助手席に置くと、再びハンドルを握った。逃げるようにペンション村から出て、山道を走っていく。

動揺しすぎだ、と思う。

工房のオーナーだった男がラブホテルのオーナーに転身するという話は嘘なんだろうなと、以前から俺は思っていた。きっと今頃は生まれ育った家か、それに近いどこかに身を寄せて、くすぶっているのだろう。あの女は彼の母親か親戚なのだろう。あの工房を潰すことは、おそらくは男の意思と無関係に決まったのだろう。男はきっとすっかり気持ちが萎《な》えてしまって、俺のことも、何の考えもなく明かしてしまったのだろう。どのみちたいしたひみつだとは思っていなかったのだろう。

だがそう考えてみても、何か取り返しのつかないことになっている、という気分は払拭《ふっしょく》できなかった。工房にもうひとつドアがあったという事実に、必要以上に衝撃を受けている。おそらく鍵はかかっていなかったのだろう、と考えている。いつだって誰でも入ることができたのだ。いつだって、みんなが入ってきていたのかもしれない。いつだって、みんな知っていたのかもしれない。あの女や、男のほかの家族たちだけではなく、七竈家のひとたちも。義父も義母も遥も、蓬田も、それにもちろん真希も。とっくにばれていたのかもしれない――俺がずっといなかったことは。

いや。俺はいた。俺はいる。祐一は思い直す。夫としての務めも従業員としての勤めもちゃんと果たしている。今日のこの時間を捻出するために、べつの日に無理もしている。真希に寂しい思いもさせていないはずだ。セックスだってちゃんとしている。子供ができなかったのは俺のせいじゃない。

信号待ちをしていたが、すぐ前のワゴンRの後部座席に五、六歳の年子のような男の子ふたりが乗っていて、リアウィンドウに張りついてこちらを見ていた。子供のことに思いが至ったのはそのせいかもしれない。もう過ぎたことだし、今さらどうにもならないことだから普段は頭の中から締め出しているが、ときどきこんなふうに、冷たい水がちゃぷちゃぷと波立つみたいな感触で戻ってくる。

もしも真希が俺を責めていることがあるとすれば、子供ができないまま何年も経った頃、夫婦で医者へ行くことを俺が拒否した件だろう。検査をすれば俺と真希のどちらに問題があるのかはっきりし、それを踏まえて治療することになったのだろう。だが俺は、そうまでして子供を持つ必要を感じなかった。じつのところ、真希に月のものが来るたびに、どこかでほっとしていたのだ。子供ができたらもう絶対に逃げられなくなる、と俺は思っていたのかもしれない。あるいはもしも子供がいたら、子供を持つ覚悟を引き受けることができていたら、俺は今こんなことをしていなかったかもしれない。

手を振る前方の子供たちにどんな表情を返していいかわからず視線を逸《そ》らしたとき、あ、と思わず祐一は声を上げた。交差点に右方から進入してきたのが、白いレンジローバーだったからだ。それが義父の車に間違いないと確信できたのは、助手席に義母の横顔が見えたからだった。折しも信号が変わり、祐一は咄嗟《とっさ》に左折した。目的地へ行くためには直進しなければならなかったが、まずは義父たちの行き先をたしかめようと思った。そうすれば真希にも何がしかの成果を持って帰れるし、何より祐一自身が、義父と義母が一緒に車に乗っている理由をどうしても知りたかった。

レンジローバーの後ろに黄色いタントが一台、その後ろを祐一は走った。義父たちが細い横道に入りさえしなければ見失う危険はなさそうだ。――と、その横道に、タントが曲がった。遮るものがなくなれば、義父はすぐに気がつくだろう。しかたない。妻も義妹も心配している。

だから尾行の理由は立つのだし、今、あのふたりと面と向かうことには気が進まないが、直接話を聞くしかない。

だが、すぐにも路肩に停まるだろうと思われたレンジローバーはむしろスピードを上げて走り続けた。祐一も慌ててアクセルを踏み込む。義父はもちろん義母も振り返りもしないが、後ろの軽トラックの運転手が俺であることに気づかないはずはないだろう。まさか、振り切るつもりなのか。

不穏さが募ってきて、これ以上追いかけたくなくなってきたが、その気持ちを振り切るように祐一は追った。レンジローバーがウインカーを出している。左に入るつもりだ。だがそこは横道ではなくてアプローチだった。その先にあるのはラブホテルで、信じられないことに、義父と義母が乗った車はゴム製の目隠しをくぐって、ホテルの地下駐車場へと消えていく。

呆然として祐一は駐車場の入口で車を停めた。さすがに中まで入る気にはなれない。それを見越して、逃げ込んだというわけだろうか。俺があきらめて立ち去った頃を見計らって出てくるのか。まるでサスペンスドラマだ。それとも彼らの目的地がここだったということか？

祐一は引き返すことにした。もうたくさんだという気分になっていた。アクセルを踏み込もうとしたとき、駐車場から義母が駆け上がってきた。車の行く手に立ちふさがるようにするから、慌ててブレーキを踏んだ。祐一が窓を開けると、義母は側に近づいてきた。

「何やってるの、こんなとこで」

「何やってるって……」

それはこっちの科白だろうと思いながら、

「真希が心配してたんですよ、お義父《とう》さんのこと」

と祐一は言った。

「このことはひみつにしておいてちょうだい。娘たちにも、蓬田さんにも」

義母は黒地にいろんな色の小花模様が散ったワンピースを着ていた。こんな服を着ているところはこれまで見たことがない。ひょっとして、お粧《めか》しというやつか。今日、義母は義父とデートしていたのか。

「このことって……」

ふたりがラブホテルに入ろうとしていたことか。というか、やっぱり入るのか、これから？

「あなたのことも真希には黙っていてあげるから。だってハート美容室に行ってるなら、こんなところで会うはずないもの。そうでしょう？」

義母は攻撃的に言い捨てた。くるりと背を向けると、駐車場の中へ駆け戻っていった。

橋を渡るとき、河原で親子連れが遊んでいるのが見えた。

両親と小さな男の子がふたり。赤い簡易テントを張って、バーベキューコンロらしきものもある。

あれはさっき前を走っていた車の家族かもしれない。河原が見えなくなってから、祐一はふとそう考えた。リアウィンドウから手を振っていた子供たちのことをそこまで覚えているわけではなかったが、平日のこの時間帯に親子でドライブしている家族はそうはいないだろう。いずれにしても、キャンプの親子は今日は休日であるわけだ。

平日に休めるのはどんな職種だろう。働いているのは母親だということもあり得るだろう。自由業か。そうか、自由業かもしれないな。漫画家とか会計士とか、インテリアデザイナーとか。無職の場合もあるだろう。新しい職場へ移るまでに少し猶予があるとか、充電期間中とか。馘《くび》になって途方に暮れてやけくそで遊んでいるという可能性だってなくはない。親子心中の前に思い出を作っているところかもしれないのだ。父親と母親と、小さな子供ふたりなんていう組み合わせの家族は日本の中にかぎったっていくらでもいて、その中のひと組が河原で楽しげにしていたとして、それをたまたま目にした者に、彼らの現実などわかるはずはない。ましてやひとりひとりの心の中の真実など、誰にわかるというんだ?

誰に対してかわからないが、最後は心の中で吠《ほ》えた。それから細い横道に車を進めた。左の崖下に太陽光発電所、右側に石切場《いしきりば》がある道とも言えない細いデコボコ道で、百メートルも走ると行き止まりになる。葦《あし》が生い茂る向こうも崖で、その下は川だ。車を停め、助手席からケースを取り出して担ぎ、祐一は右側へ下っていく。岩と砂利だらけのこの道は、車は通れないし徒歩でも途中で川の支流にぶつかるから、通る者が祐一のほかにいるとすれば、それと知っている釣り人くらいだ。

その支流を、靴を濡らしながら祐一は渡る。崖から伸びた木の枝と岩とで囲まれた二畳ほどの窪《くぼ》みまで来ると屈み込み、ケースを開ける。死体は入っていなかったからほっとする——ケースの中身はサキソフォーンだ。

仕事で訪れた上諏訪《かみすわ》の楽器店で、祐一はこれを手に入れたのだった。特価二万九千円の札をつけてショーウィンドウに飾られていたのを見て、どうして買う気になったのか今でもさっぱりわからない。楽器の心得など何もなく、サックスにもジャズにも関心すら持ったこともなかったのに。ただ、そのときのことを思い出すと、暑さと、楽器ケースを背中に担いでフルスピードで自転車を飛ばす自分の姿と、ペダルをやみくもに踏み込む感触がよみがえる。だがそれは現実の記憶ではない。実際にはその日は去年の十一月の終わりで、暑いどころかすでに十分に寒く、上諏訪にはもちろん自転車ではなく車で来ていたのだから。数週間、倉庫の片隅やトラックの荷台など置き場を変えながら隠し、顧客に誘われて行ったカラオケスナックで、ようやく安全な隠し場所の算段がついたのだった。

楽器を構え、マウスピースを咥《くわ》える。ケースの中には一緒に買った教則本も一冊入っていて、それに書いてあることに従って、ただ息を吹き込む。必死に時間を捻出してここへ来ているが、なぜ自分がそうしているのかはわからない。演奏するなどまだ遠い先の話だ。その日が来るとすら思えないし、その日を望んでいるとも思えない。

音が出る。正しい音なのかそうでないのか、上達しているのかどうかもよくわからないが、祐一はその音にぎょっとする。毎回ぎょっとするのだった。再び、吹き込むための息を吸いながら、今頃ラブホテルで、義母と義父は何をしているのだろう、と考える。

6

総合病院の産婦人科の待合室には、男の姿もちらほらある。

若い女に付き添う若い男ばかりでもなくて、年配の男女という組み合わせもいつも一定数いる。妊娠や出産にはすでに無縁であろう年齢の場合は、なんらかの不具合を得た女に男が付き添っているのだろう。自分もそのひとりだ。池内典明《のりあき》はそう思い、そのことをなぜかひどく理不尽に感じた。

待合室の壁には電光掲示板があって、そこに毎回受付で渡される診察番号があらわれると、診察室が並ぶ奥まった廊下の椅子で待つシステムになっている。持ってきた文庫本は膝の上に置いたままで、じっとそれを見ていた妻の美咲《みさき》が「あ」と小さく声を上げた。行ってくるね。うん。典明は頷く。妻が行ってしまうと、とたんに自分ひとりだけが場違いなところにいるみたいな気分になる。

診察の予約時間は午前十時だった。今は十時十五分だから、今日はいつもに比べれば早く呼ばれたほうだ。美咲と一緒にここへ来るのは今日が三回目だった。市の検診で精密検査の判定が出て、美咲はこの病院を受診した。最初の受診日には仕事のついでもあって、何となくついてきた。その時点ではふたりともさほど心配していなかったから、検査結果がわかる日には美咲はひとりで出かけた。その日に、市の検査結果よりもさらに悪い結果が出た。また日を変えて検査を受けることになり、その日には付き添った。その結果が今日出ることになっている。

そろそろ仕事に支障が出はじめている。遥にだけは事情を話してあるが、経理の吉岡《よしおか》夏実にも、仕事先にもまだ何も明かしていないから、陰であれこれ言われているかもしれない。検査結果を聞くのも、平日の午前中と決まっているから仕方がない。ひとりで大丈夫よと美咲が言ったのは二回目の受診までで、そのあとは典明がついてくるのが当然という状況になっている。典明のほうでも、二回目の受診日に悪い検査結果を聞かされたのは、自分がついていかなかったせいであるような気がしている。だから今日も仕事のほうに無理をして妻についてきた。もしも今日、彼女ひとりで行かせて、またよくない結果が出たとしたら、きっと美咲は俺のせいだと考えるだろう。

「すてきね、それ」

話しかけられているのが自分だとは最初気がつかなかった。

「そういうの、どこで売ってるの?」

典明は声のほうに顔を向けた。すぐ横に座っている七十にも八十にも見える老女が典明の靴を指差していた。

「かっこいいわねえ。うちのダンナにもそういうの買ってあげたいんだけど、この辺、全然売ってなくて。そういう靴、どこで買うの?」

「あ、これはネットで……」

周囲の耳を気にしながら小さな声で典明は答えた。この場所で喋っているのは自分たちしかいない。

「インターネット? スマホで買うの?」

「僕はパソコンですけど……。そっちのほうが見やすいから」

「それ日本製?」

「いや……イタリア製です」

「イタリア製! やっぱりねえ。やっぱり違うのよねえ。そういう革の色、日本製じゃ見つからないわよねえ。形もしゅーっとしてて、ほーんとすてき。お似合い」

きっとネットはできないんだなと思いながら、典明は曖昧に微笑んだ。老女の声は大きすぎる。いいかげん喋るのをやめてほしい。

「あっ、あたしの番号が出た」

老女がそう言って立ち上がったのでほっとした。用はもうないとばかりに挨拶もなくさっさと立ち去っていく背中を見送ると、さっきまでよりもずっとひどい場違い感に襲われて、典明は体を縮めて目を伏せた。

美咲はもう診察室に入ったのだろうか。

診察室からは診察番号がマイクで呼ばれるのだが、妻の今日の診察番号を典明は覚えていなかった。

妻がこの場を離れてから、ずいぶん時間が経っている。三十分——いや四十分近いのではないか。検査の結果を聞くだけでそんなにかかるものだろうか。手術や入院の説明を受けているのか。さらなる検査をしているのか。自分に知らせる手段がないまま、診察室の裏口のようなところから妻がどこかに連れ去られてしまったような気もしてきて、診察室の前へたしかめに行きたくなったが、それと書かれていなくてもあの場所は男子禁制であるような気もして、できたのは首を伸ばしてそちらのほうを見てみることだけだった。

イタリア製などと真面目に答えることはなかったのだ。

今頃そんな思いが浮かんでくる。はい日本製ですと答えておけばよかったのだ。見栄っ張りな男だと、周囲のひとたちは思ったかもしれない。伏せた目で典明は靴を見た。シンプルなスリッポンだが、灰色と青を混ぜたような革色はたしかに微妙な色合いで、それが気に入って買ったのだった。

三年前。海外サイトでシーズン落ちのブランド品を買うようになったのは、それまでしたことがなかったことをしてみたくなったせいだった。そんな欲がどうして生まれたのかはわからない。いずれにしても、遥に手を出したのもその欲のせいだった。

職場の部下だから、拒否されればそのあと厄介なことになるのはあきらかなのに、そのリスクを冒してでも、手に入れたかった。それほど魅力的な女だったということではなくて、そういう真似が自分にもできるかどうか、どうしても試してみたかった。そしてあっさり、簡単に実現したのだが、その瞬間から、たぶんその簡単さへの失望もあって、彼女に飽きはじめた。若い女を抱くのは楽しかったし遥を可愛いと思うときももちろんあったが、そのうち面倒に感じるときのほうが多くなり、帰りが遅くなったり休日に出かけたりすることで妻が不機嫌になるのは自分ではなく遥のせいであるような気がしてきたのだった。

老女に褒《ほ》められた靴はすでにかなりくたびれていた。最近は雨の日でも平気で履いていくし、近所なら踵《かかと》を踏んだまま歩いたりもするので、あちこちにシワや染みができている。ずっと大事に履いていたとしたって、三年も経てばそれなりに傷んでくるだろう。そういう靴をきゃあきゃあ言って褒めたのが、髪も肌も服も、全身が埃をかぶったみたいな色合いの婆《ばあ》さんだったというのも、ひどく気が滅入《めい》ることだと典明は思った。

「お待たせ」

という声にはっと顔を上げた。妻が戻ってきていた。

「どうだった？」

「うん、なんだかね……妙な具合なの」

「妙って」

とにかくここを離れましょうと、妻は仕種《しぐさ》で促した。エレベーターを使わず階段でロビーまで下りる間に、話を聞いた。


通りすがりのカフェで軽い昼食を取ってから、妻を家まで送り、そのまま典明は事務所に向かって車を走らせた。

事態は好転していた。細胞の検査で出ていた悪いものは、組織検査では出なかったらしい。細胞の読み間違いということはたまに起こるらしく、今日もう一度細胞を取ったので、その結果を待ってから最終的な診断をつけましょうと言われたそうだ。場合によっては治療はせず、経過を見ていくことになるかもしれないと。

「なんだ、よかったじゃないか」

やや拍子抜けしながら、しかし心の底からほっとして典明がそう言うと、

「そう楽観もできないと思うわ」

と美咲は暗いままの表情で言った。

「え？　どうして」

「先生の歯切れが悪いのよ。よかった、って私が思わず言ったら、まだわかりませんけどね、

って」

「そりゃ、医者の立場としては、百パーセント保証はできないだろう」

「今回は少し奥のほうを採ってみました、って言うのよ。あなたの年齢だとこの細胞は奥に出ることが多いからって」

「不安要素を潰していくってことだろう。いいじゃないか」

「だから、不安要素がまだあるってことでしょう?」

カフェに寄ろうと言い出したのは美咲だったが、終始笑わず、これまで通り食欲がなくて、パスタも半分以上残していた。

事務所のドアを開けると、遥と吉岡が同時にくるりとこちらを向いた。何か言わなければと思いながら、何を言っていいかわからず、結局典明は仏頂面で自分のデスクに着いた。

「栄《さかえ》ミートさんからのファクス届いた?」

快活な声を出そうと思っているのに、何かに押さえつけられているように沈んでしまう。しばらくの間返事がなく、やがて遥が「はい」と答えた。

「届いてるんなら机の上に置いといてくれよ」

これにも返事がないので、ひどく叱責したみたいに響いてしまう。届いた図面を遥が持ってきた。サンキューでもなんでもいい、何か言って笑いかけようと思うが、遥の表情や態度がそれを拒んでいる。

典明は図面に目を落とし、それからパソコンを起動させた。仕事に取りかかるつもりで、気がつくとグーグルの検索窓に、妻の病気に関係するいくつかの言葉を打ち込んでいる。これはもう日課というか、ある種の中毒みたいになっている。今日、妻から聞かされたあたらしい情報を加える。妻の年齢、奥のほうの細胞。それで出てくる検索結果から、昨日までは出てこなかったサイトを探し出して隅から隅まで読み込んで、安心材料を探す。

そうしながらずっと、頭に重い碗がかぶさっているような心地でいる。陰気な妻から離れることができて正直ほっとしていたが、ここへ来たら来たで、酸素が足りないような感じがする。もちろん責任の一端は自分にあることはわかっている。別れ話を切り出したことが、遥の態度に影響しているのだ。俺がいない間は事務所内はどんな雰囲気なのだろう。まさか吉岡に俺とのことを打ち明けたりはしていないだろうが、遥があういう態度では、吉岡もそのうち気づくだろう。いや、もう全部喋ったのかもしれない。俺がいない間、遥は俺の悪口を言い続けていたのかもしれない。

「郵便局に行ってきます」

吉岡が事務所を出ていった。走り去る車の音をたしかめてから、典明は席を立ち、遥のデスクへ行った。

「ちょっと、いいかな」

「はい?」

硬い表情で遥が見上げる。

「今日、帰りにどこかで会えないかな。話があるんだ」

「今、ここで聞くんじゃだめなんですか」

「いや、まあ、いいんだけど……できたら君の部屋に行きたいんだ」

「はあ?」

典明が大きらいな「はあ?」だった。きつく注意して、しょんぼりさせてしまったことが何度かある。だが今、遥は、わざとそれを使ったように思えた。典明は遥の腕に触れた。

「悪かったよ、この前。俺もパニクってたんだ。うちの妻、大丈夫みたいなんだ。検査の結果が今日出たんだ」

「がんじゃなかったの?」

「うん、たぶん。妻はまだ不安がってるけど、俺の感触だと八割がた大丈夫だと思う」

「それはよかったですね」

また他人行儀な言いかたに戻ってしまった。説明の仕方が悪かったのか。典明はもう一方の手も添えて、遥を自分のほうへ向かせた。

「悪かったよ、ほんと悪かった。ふたりきりになりたいんだ。俺には遥が必要なんだよ」

腕がやんわり振りほどかれた。冷めた目で見返される。

「奥さんのことで安心した。だからまたセックスしようぜってことですか」

「違う、違うよ。どうしてそんなこと言うんだよ。そんなんじゃないんだよ」

車の音が聞こえてきて、池内は慌てて遥から離れた。お疲れさまー。遥のわざとらしくあかるい声が、事務所内に響いた。


その日の夜は結局、妻を食事に誘い出した。遥と会えないのならそうするしかないように思えたのだ。十三歳の娘と八歳の息子は、近くに住む美咲の両親の家で食べさせてもらうことにした。美咲の体に異常が見つかって以来、夫婦だけで深刻な話をするときにはいつもそうしていたので、子供たちを玄関に迎えに出た義母は顔を曇らせていた。典明は「よろしくお願いしますす」と言うにとどめた。両親に楽観的なことはまだ言ってくれるなと、美咲から念を押されていたからだ。

「お祝いだよ、今夜は」

それでも、子供たちを降ろして車の中でふたりきりになると、典明はそう言った。

「手術しないですむ可能性も出てきたんだから、とにかくそれを喜ぼうよ」

「どこへ行くの？」

仕方なさそうに美咲は聞き、

「ずっと行きたいと思ってた店があったんだ」

と典明は懸命にあかるく答えた。

しばらく山道を走ることになる。蓼科高原に近いそのリストランテの評判は、顧客の何人かから聞いていた。やや距離があるから、移動時間がもったいなくて遥を誘わなかった。それでもいつか連れて行こうと思っていたから、家族と一緒に行くことも避けていた、という事情がある。

カーブを曲がると店の灯りが見えたからほっとした。ある種の願掛けみたいな気分になっていて、予約もしていなかったしサイトで休業日を調べることもしていなかった。今夜この店で食事することができれば、すべてがうまく運ぶ気がする——その「すべて」の中に、妻の次の検査結果のほか、何が含まれているのかはっきりわからなかったが。

しかし車を停めてアプローチを歩いて行くと、何か様子がおかしいことに気がついた。ドアを引いたが鍵が掛かっており、その音で中にいた男がひょいと振り向いた。男はドアを開けてくれたが、黒い半袖のポロシャツに、下はグレイのスウェットパンツという軽装で、ウェイターにもシェフにも見えない。

「はい？」

と逆に男から不思議そうな顔をされて、

「いや、食事に来たんですけど」

と典明は間の抜けた返答をした。

「もうこの店は閉めてるんですよ」

男はすまなそうにも、悲しそうにも見える微苦笑を浮かべた。

「休みなんですか」

「っていうか、閉店したんです。永遠に休み。シェフがイタリアに帰っちゃったんで」

「ああ……」

「永遠に休み」という言いかたは何かひっかかるなと思いながら、何となく立ち去るきっかけを失ったようになって典明は突っ立っていた。じゃあこの男は誰なのだろう。

「いいですね、その靴」

男が言った。

「え？」

「その靴、イタリア製でしょ」

「ええ、まあ……」

行きましょうよと、背後で美咲が小声で言った。それで男に向かって会釈すると、男もほっとしたような顔で頷いた。靴の話はしたくてしたわけでもなかったのかもしれない。

「『ななかまど園芸』のご主人でしょう、あのひと」

車に乗ると美咲が言った。妻の口から、遥の実家の名が出たことに典明はぎょっとなる。

「ご主人って……え？　どういうこと？」

「ご主人って言っても婿養子だけど、あのひと、家族を捨てて今のレストランの女シェフと一緒になったのよ。だけど最近、今度はそのシェフから捨てられたの。それでまた元の家族のところに戻ったとかいう話なんだけど」

「よく知ってるな」

その感想が適切なのかどうかわからないまま、典明は言えることを言った。動悸《どうき》が妻に聞こえそうな気がする。年回りからして、つまりあの男は遥の父親ということなのか。そんな話はちっとも知らなかった。遥から聞いたのは、両親は彼女が中学生のときに離婚した、ということだけだ。それきり会っていないという父親があの男なのか？　そして最近戻ってきた？　そんなこと、遥は一言も俺に言わなかった。

「いっとき噂だったもの。あなたは知らなかったの？　『ななかまど園芸』の娘さん、事務所にいるんでしょ？」

美咲にそう聞かれて、典明はいっそう慌てる。

「個人的な話はほとんどしないからね」

「そうなの？」

「え？　そうだよ」

「まあ、そうかもしれないわね。あんまりひとに言いたくないことよね、きっと」

美咲がそうまとめたので、典明は心の中で溜息《ためいき》を吐いた。

あんまりひとに言いたくないこと。今度は妻のその言葉に囚われながら、

「さて、どこへ行こうか」

と話題を変えた。

そういえば一度だけ、蓼科のイタリアンに今度行ってみようかと遥に言ったことがあったのだった。

典明は、ふと思い出した。そうだ、そうしたらなんだかはかばかしい返事がなかった。食うことにそれほど興味がないんだよな、とそのときやや鼻白んだのだった。ああ、そうだ、東京へ行けなくなったと彼女が連絡してきたとき、「実家でちょっと問題が起きて」と言っていたのではなかったか。あれはきっと父親にかんする事情だったのだ。愛人に捨てられた父親が戻ってきたその日だったのかもしれない。

あんまりひとに言いたくないこと。まあ、そうだろうな。でも、俺だけには言えばよかったのに。いや、俺だけには言いたくなかったのか。そっちかもしれないな。

あらかじめナイフで切っておいたロースカツを箸で口に運ぶとふにゃっとしていた。へんだなと思いながら、もうひと切れ口に入れた。とんかつ屋に家族でいる。息子、娘、妻、それに義父と義母も。イタリアンレストランの代わりの店を探す気力がなくなってしまい、結局、よく利用する家の近くのこの店に来たら、義父母も子供たちを連れて来ていたというわけだった。

「ほら、全然気がつかないでしょ？」

娘が言った。気がつくと家族全員が典明に注目していた。何、何？　典明は笑いながら聞いたが、誰も笑い返さない。

「お父さんのお皿に、あたしの蟹《かに》コロッケ入れたの。全然気がつかないで食べてるね、って話」

それなら笑い話だろう。なぜ娘は責めるような口調なのだろう。

「お父さんとお母さん、離婚するの？」

「え？」

「この頃いつもお母さんとこそこそ話してるじゃない。今日だってふたりとも全然喋らないし、お父さんずっとぼんやりしてるし。離婚するならあたしたちにも教えてよ」

言い募る娘は涙声になり、呼応するように小学生の息子もしゃくり上げはじめた。子供らであれこれ臆測していたのだろう。

「離婚なんてしないよ、ばかだな」

「じゃあなんでこそこそ話してるの？」

「いいじゃないか、たまにはこそこそしたって」

冗談めかして典明は言い、同意を求めて妻のほうを見ると、美咲は曖昧に微笑んで、「離婚はしないわよ」と言った。その言いかたはまずいだろう。薄笑いを顔に貼りつけたまま、典明は妻に腹を立てた。離婚はしないが、ほかの問題を抱えているというふうに子供たちは受け取ってしまうだろう。

「本当？」

しかし娘がそう聞いたので、「本当、本当」と典明は大げさに頷いた。

「お父さんとお母さんは、愛し合っていますから」

義父と義母がとってつけたように笑った。娘と妻は笑わず、頰を涙の跡で光らせた息子は、どうしていいかわからない顔でぼんやりしている。

美咲の病気のことは子供たちにはまだ言わないでおこうと夫婦で決めてある。それでこんなことにもなるわけだが、全部俺のせいみたいな空気になっているのはなぜなんだ、と典明は思う。


次の検査結果を聞きに行くまでに二週間余りあり、それまでの一日一日がひどく長かった。まるで拷問だ。一週間も経たないうちに典明はそう思っていた。美咲の不安定さはむしろ最初の検査のときよりもひどくなっていた。とんかつ屋でのことがあったからか、子供たちの前ではあかるくふるまっているつもりらしかったが、それは誰の目にも無理をしているようにしか見えなかった。たぶん、あまりにあからさまに異常なせいで、子供たちはもう両親に問い質《ただ》したりすることもせず、とりわけ娘のほうは、あまり口を利かなくなって、まるで小型の美咲みたいだった。

そういう状態の家族の前でなんでもないふうを装うことに典明は疲労困憊《ひろうこんぱい》した。病気のことをある程度子供たちに説明したほうがいいんじゃないかと美咲に言ったが、それは絶対にだめだと頑として聞き入れなかった。知られるのはいやなのよ。あなたは女じゃないしこういう病気になったことがないからわからないのよと言われれば、引き下がるしかない。そのうえ、逃げ場になるはずの事務所も家のなかとほとんど同じ雰囲気となれば、典明自身が病気になりそうだった。

なんでこうなっちまうんだと、典明は思う。妻の病気がわかったとき、彼女のためにできることはなんでもしようと思った。自分がフラフラしていたことに責任の一端があると思ったのも本当で、これからは妻だけを大切にしようと決意したのに、どうしてこうなってしまうんだ。

待機の日々が半ばを過ぎたある日、事務所にいると美咲から電話がかかってきた。夕食を作る気がしない、と訴える。午後六時過ぎ、仕事を片付けて、そろそろ事務所を出ようというときだった。

「どこか外で食おうか」

「食欲がないのよ。外食に行って、私だけ注文しないのはおかしいでしょう」

「じゃあお義母さんとこで食べさせてもらおうよ」

「だめよ、そんなの。子供たちにまたへんに思われるわ」

「どうすればいいんだ？」

さすがに苛々して少し強い声を出すと、

「あなたが料理できればよかったのに」

と妻は吐き捨てて電話は切れた。仕方なくスーパーマーケットに寄って惣菜をあれこれ買って帰ると、美咲が作った夕食がすでにテーブルに並んでいた。スーパーの出来合いなんて、おいしくないに決まってるじゃないの。今まで私がこんなものを買ってきたことがあった？ 美咲は静かな声でそう言うと、惣菜のパックの中身をすべてゴミ箱の中に放り込んだ。

妻の態度は、病気への不安とすでに無関係であるように感じられた。妻は俺と遥とのことを全部知っていて、こういう方法で復讐《ふくしゅう》しているのではないか。冗談じゃない、と典明は思った。だからまたべつの日の夕方、美咲からの電話に出なかった。またこの前と同じようなことが繰り返されるのかと思うとうんざりした。

「待ってくれ」

その日、帰ろうとする遥を呼び止めた。吉岡はすでに事務所を出ていた。典明は遥に走り寄って抱きすくめた。

勢いに気圧された様子で目を見開いている遥の唇に、唇をかぶせる。はじめは抗《あらが》っていたが遥はやがて力を抜いた。

「大好きなんだ、遥のこと。本当だよ」

遥が何も言わないことを了解の徴《しるし》と受け取ることにして、典明はもう一度ゆっくりキスをした。勃起してきて、体を押しつけ遥に教えた。

「本当だよ。ずっとこうしたかった。気がくるいそうだった」

その夜を典明は遥の部屋で過ごした。朝になるまで家には帰らなかった。


向こうから歩いてくるのは前回の受診日、靴のことを聞いてきた老女だ。

老女のほうもこちらに気がついた顔をしたので、典明は会釈した。それを無視して、老女は歩き去っていく。バツの悪さとともに典明はなんとなく自分の靴を見た。今日は朝から大雨が降っていて、地下駐車場がある別棟から外来病棟までの短い距離を歩く間だけでぐっしょり濡れて、もともと古ぼけている靴がさらにひどい有様になっている。

「この前ここで待ってたとき、隣に座ってたんだ、あのひと」

典明は妻に説明した。美咲は頷く。

「俺の靴が気に入ったとかで、あれこれ聞かれてさ。往生したんだよ」

「ぼけてるのかしらね」

どうでもよさそうに美咲は言う。

待合室の椅子に並んで座り、今日は十分も経たないうちに美咲の番号が掲示板に出た。行ってくるねとも言わずに美咲は立ち上がり、診察室のほうへ歩いていく。数日前に朝帰りしたとき、美咲は「おかえり」と微笑んでいるように見えないこともない表情で彼を迎え、どこで何をしていたのかも、なぜ電話に出なかったのかも聞かなかった。「どうしてもしばらくひとりになりたかった」という、用意していた言い訳は、結局問われぬままに自分から口にした。そうだったのね、あなたの気持ちわかるわ、ごめんなさい。美咲はそう言っただけで、話はそれで終わりというか打ち切られた具合になり、それ以来、美咲が以前のようなヒステリーを起こすこともないまま今日に至っている。荒療治が効いたのだと思えたのは一時だけで、典明は今、自分が途方に暮れていることを認めざるを得ない。妻は透明で薄いが頑強な膜にぴっちり覆われてしまったように――いやいっそ、妻のかたちをしたべつの生き物に変身してしまったかのようだ。

気がかりはまだあった。遥も妻と同じような変貌を遂げていた。ひと晩中抱き合っていたのに、奇妙に手応えがなかった。それなりに反応していたが何か嘘くさかった。何より気がかりなのは、嘘くさいことを遥がちっとも気にしていないように感じられたことだった。好きだよと囁いたら微笑んでいた。あれは嘲笑ではなかったのか――。

椅子の列と並行する通路をふたり連れが歩いてくる。あっと典明が思うのと同時に、男のほうが「あれっ」と声を出した。

「どうも、先日はすみませんでした」

レストランの男――遥の父親だ。とすれば横で、曖昧な表情でこちらを窺っているのは母親なのか。

「いや、どうも……」と典明が応じると、「どなたかの付き添いですか」と男は訊《たず》ねた。

「ええ、まあ」

「濡れちゃいましたね、靴」

何のつもりかそんなことを言い出す男の靴は黒い革製のスニーカーで、やはりいくらか濡れてはいるのだろうが、いかにも上物《じょうもの》に見える。

「どうぞお大事に」

「そちらも……」

ふたりが歩き去って行ったほうを典明は見た。あちらにあるのは泌尿器科だ。患者は父親で、母親が付き添いなのかもしれない。妻から聞いたあのふたりの事情を考えれば、奇妙な光景というほかない。

美咲は思ったよりもずっと早く戻ってきた。

「経過観察でいいんですって」

今日は階段ではなく、典明が椅子から立ち上がる前にそう言った。

「ほんとか。異常なかったのか」

典明のほうが周囲の耳を気にして小声になったが、

「ええ。悪い細胞は出なかったの」

美咲は普段よりも大きいくらいの声でそう答えた。

「よかった。よかったな。ほっとしたよ」

エレベーターホールに向かって歩き出しながら、典明は言った。うん、本当によかった。何度も言う。何度言っても、よかったような気持ちになれなかった。美咲がとくに嬉しそうな様子ではないこともある。これからどうなるんだ。典明はそう思い、それが、妻から最初の、よくない検査結果を聞かされたときとほとんど同じ感触の不安であることに気づく。

7

彼のことをプリシラは心の中で「犬」と呼んでいた。

そもそもの初対面の印象がそうだった。小さな頃に飼っていたスパニエル犬を思い出させたのだ。そうして一緒に暮らしはじめると、外見よりも彼の存在そのものが、プリシラにとっての「犬」になった。

こんなことをひとに言ったら、ひどい女だと思われるだろう。人種差別主義者だと見做《みな》される場合だってあるかもしれない。でも、プリシラはもちろん差別主義者ではないし、「犬」に侮蔑的なイメージを込めていたわけでもなかった。プリシラにとっての犬は大きくて温かくて、ふわふわしていて、いつでもそばにいて、必要なときにそのふわふわの毛の中に顔を埋《うず》めることができる生きものだった。ただ彼のことを、人間の男のようには思えなかったというだけだ。

それもひどいだろうか。でも彼にそのことを打ち明けたとしたって、彼は間違いなく、怒りも嘆きもしなかっただろう。そうか、犬かあ。ぼんやりと笑って、もしかしたら少し嬉しそうにすら見える表情で、泰史《やすし》はそう呟《つぶや》いただろう、とプリシラは思う。

その朝、母親はよそいきのワンピースを着ていた。

プリシラはちょっと当惑しながら母親の頬に口づけて、「素敵よ」と言った。母屋のキッチンは何度目かの改装を兄がしたばかりで、塗り替えた壁のひまわり色のペンキが、まだ濃く匂う。

「何時に来るの？」

「さあ。聞いてないのよ。夜までには来るんでしょうけど」

プリシラは母親に答えた。

「迎えに行かないの？」

「そういう約束はしてないわ。空港でレンタカーを借りるんじゃないかしら。ナビがついてるから大丈夫よ」

母親は肩をすくめた。今年八十三歳になる彼女は「ナビ」のことがよくわかっていないが、たぶん「日本人」のこともナビと同じように思っているだろう。

それから兄嫁のアリダ、兄のエドアルドの順で家族が朝食のテーブルに揃った。兄と一緒にレナも来た。シェパードの血が入っている大型の雑種で、この家で飼われた三匹目の犬だ。二匹目の犬はコリーの雑種だったそうだが、プリシラは会ったことがなかった。日本で暮らした約三十年の間、シチリアには一度も帰らなかった。

「日本の友だちが来るの、今日だっけ」

兄もプリシラにそう聞いた——兄はいつもの木綿のシャツに着古したデニム、アリダもTシャツにデニムという格好で、よそいき姿ではなかったが。

「そのひとはワイナリーを見たいかな?」

どうかしらとプリシラは答えた。兄が兄なりに気を遣ってくれているのがわかったから、飲むのはともかく製造工程にはあまり興味がないだろうとは言えなかった。兄と兄嫁と母親とがちらりと目を見かわすのがわかった——互いに、もっとほかに何か知っているかどうかをたしかめ合うように。もちろん彼らは何も知らない。プリシラは何も伝えていなかった。

「そういえば、ボーヴァの家のマスチフが仔《こ》を産んだってさ。四匹」

兄は話題を変えることにしたようだ。長い腕をクレーンみたいに伸ばしてミルクの瓶を取る。そんな仕種は死んだ父親によく似ていて、プリシラの胸を詰まらせる。

「ほしいなら、話つけてやるけど」

どうして私が犬をほしがると思うの?　とプリシラは思ったけれどやはり口には出せなかった。かわりに「レナはいやがらないかしら」と言った。

「いやがるもんか。喜ぶよ」

「そう?　じゃあ考えておこうかな」

とプリシラは言った。

いつ来ても構わないと言ったしそう思ってもいたのだが、やっぱり今日はそれなりに落ち着かない日ではあった。プリシラは仕事に集中しようと努めた。

ここはエトナ山の麓だった。ドイツから移住してきた父親がはじめたワイナリーを、今は兄が継いでいる。ホテルも併設していて、父親が元気だった頃には彼が作る料理をダイニングで食べることもできた。帰国してからはプリシラが作っていて、幸い、評判は悪くない。

母屋のキッチンよりずっと広い厨房がホテルのほうにある。そこで作業していると、レナがふらりと入ってきた。頭を擦《こす》りつけてくるので撫《な》でてやり、トマトの欠片《かけら》——食事時間以外に肉やソーセージを与えないでくれと兄から厳命されている——を食べさせると、つまらなそうに咀嚼《そしゃく》してさっさと出ていった。兄に対してほど懐いてはいないが、この犬がプリシラへの警戒を解くのは家族たちよりも早かった。

ホテルの厨房も何度か備品を入れ替えたようだが、全体的な印象は、プリシラが日本に発《た》つ前とあまり変わっていない。動線が以前と同じだから使い勝手も母屋よりいい。たんに以前、母屋よりもここにいる時間のほうが長かったということかもしれないが。あの頃のプリシラは父親の有能な助手だった（彼は娘を誰かに紹介するときいつでもそう言った）。もっともっと有能な助手になりたくて、タオルミナのリストランテに修業に行った。父親は快く送り出してくれた。休みの日には帰ってこられる距離だったし、数年もすればプリシラは家に戻ってくるはずだったからだ。

でも実際は、プリシラは父親の死に目にも逢《あ》えなかった。タオルミナのリストランテを辞めて向かった先は日本だったから。三十年間、一度も帰らなかった。倒れたという報《しら》せを受けてすぐに飛行機に飛び乗ったのだが、ローマで島への乗り継ぎを待っている間に死んでしまった。彼はいつまで、私が戻ってきて自分と一緒に料理をするようになると信じていただろう？　いつあきらめたのだろう？　そのことを考えるたび涙が浮かぶ。

プリシラはひよこ豆を茹《ゆ》で、茄子《なす》を揚げた。そういえば泰史は茄子が好きだったわねと思い出す。日本の茄子はやわらかくて水気が多くて、まったく泰史みたいだった。犬でなければ茄子だなんて、これもひどいだろうか。でも犬と同様に、プリシラは日本の茄子が好きだった。

ヤキナス――この名を思い浮かべるたびに、ギリシャの町みたいだと思う――は、覚えてよく作った日本料理のひとつだ。網で焼いてショウユとショウガを添えるだけだから、料理というほどもないものだったけれど、泰史はこれが大好物だった。夏の休日の夕暮れに、テラスにシチリンを出して、茄子を焼いたものだった。そんなときにはワインではなく日本酒を飲んだ。ワサビヅケやシオカラ、ヌカヅケやヒヤヤッコといったものを一種類ずついろんな小皿に盛ってテラスに並べて、その小皿は全部洋皿だったから日本のオツマミとはどうにもちぐはぐで、なんだかママゴトみたいに見えた――あるいは自分たちの暮らしがある種のママゴトなのだと、そういうときにあらためて気がついた、ということだったのかもしれない。

でも、その光景は懐かしく、愉しい記憶でもある。真っ黒に焦げた茄子は熱々のまま食べたかったから、水に取らずに俎板《まないた》の上で皮をむいた。火傷《やけど》しそうな指先に、冷えた日本酒の瓶を泰史があててくれた。はふはふと茄子を食べて泰史が笑うと、取り残した黒い皮が歯についていて、プリシラも笑った。ママゴトの二十五年間のところどころにそんな光景が埋まっている。そのことをどう考えればいいのかプリシラにはよくわからなかった。

タマネギやパプリカを炒《いた》めた大鍋の中に、プリシラは揚げた茄子を加えた。今頃、泰史はどうしているだろう、と考えた。

彼が言った通り、あの園芸店に戻ったのだろうか。妻や娘たちに受け入れてもらえたのだろうか。大丈夫だよ、と彼は犬みたいな目をして——日本の茄子みたいな頼りない微笑を浮かべて、言っていたけれど。私がカポナータを仕込んでいる今このとき、彼は何をしているのだろう。私はたぶんもう一生日本には行かない。私と泰史の人生はこの先もう二度と交わらない。自分はそのことを悲しんでいるのか、それともほっとしているのかも、やっぱりプリシラはよくわからなかった。

日本からの客たちはその日の夕方にやってきた。

そう——「客たち」だったのだ。真斗《まさと》は女連れだった。これはプリシラにも予想外のことだった。真斗という男を見くびっていた、と言えるかもしれない。もちろんプリシラの家族たちは全員が呆気にとられていた。「日本から男の友だちが来る」というプリシラの説明を聞けば、それはプリシラの恋人、夫婦同然に暮らしていた相手、プリシラに家族を捨てさせ、三十年もの間日本に繋ぎとめていた男であると考えるのが自然だろう。だからこそ母親、兄夫婦が揃って出迎えたのだが、彼らの目の前にあらわれたのは、プリシラの息子といってもおかしくなさそうな年格好の男――実際のところは真斗はプリシラより十七下の三十八歳だった――と、彼よりもさらにずっと若い女のふたり連れだったのだから。

「妹さん？」

母親が聞いた。イタリア語で、プリシラに聞いたのだが、察したらしい真斗が、

「ガールフレンド」

とへたくそな、英語ぶった発音で答えた。真斗はイタリア語は喋れないし、英語も、プリシラの日本語よりずっとへただ。プリシラは泰史とも真斗とも、日本語で会話していた。

「何て呼べばいいかしら」

家族たちの表情にはかまわず、プリシラは日本語で若い女に聞いた。

「ミカと」

若い女は短く答えた。臆しているようでも、虚勢を張っているふうでもなく、淡々としていて、プリシラはとりあえず好感を持った――真斗のような男に引っかかってシチリアくんだり

までやってきたという事実には感心しないけれど。色が白くてひょろりと背が高くて、化粧気のない顔に、まっすぐな黒い髪を肘《ひじ》の辺りまで垂らしていた。

「部屋は一緒でいいの？」

アリダがプリシラに聞き、「もちろん」とプリシラは頷いた。質問も会話自体も、それで終わりになった。ミカが英語を喋れるかどうかはわからなかったが、自分からは話そうとしないし、プリシラが通訳しなければ会話は成立しなかった。そうしてプリシラは、この先、真斗にかんする必要以上の情報を家族に与える気がなくなっていた。真斗から連絡があって、シチリアに帰ったのなら君の実家のワイナリーに泊まりに行ってもいいか？　と訊ねられたときには、彼の来訪が家族に対する手っ取り早い説明になるような気がしたのだが、間違いだった。自分の日本での三十年間は、誰にだって――自分自身に対してさえ――説明などできやしないのだ。

それから間もなく夕食の時間になった。ホテルのダイニングでの食事は、前菜からメインまで決まったコースを供して、ワインのほうをデカンタやグラスであれこれと楽しめる形式にしている。バカンスシーズンの八月だから、ホテルはほぼ満室で、テーブルもほとんど埋まっていた。そのひとつに真斗とミカも座っている。

プリシラはふたりのことをほとんど気にかけなかった。たったひとりで厨房を切り回しているから、その暇もない。長野の店でもひとりで作っていたが、席数も少なかったし、週末でもなければのんびりしたものだった。今のような忙しさと気の張り詰めかたは、修業時代を思い出させた。それこそ観光シーズンには厨房の中は戦争みたいになって、下働きの中でもいちばん若かったプリシラは、どんなにがんばっても怒号を浴びない日はなかった。でもそれはつらい記憶ではなかった。タオルミナのリストランテでの日々は修業の記憶でも下働きの記憶でもなく、恋の記憶だ。

ケンイチ。彼の苗字も、ケンイチがどんな漢字だったかも、もう覚えていない。プリシラより三歳年上の日本人で、諏訪のホテルのオーナーの次男だった。プリシラ同様、修業後は家に戻ってホテル内のレストランを盛り立てることを期待されてシチリアに来ていた。

ふたりは恋に落ち、それぞれに親との約束を違えた。ケンイチは彼の父親も兄も現役で力を振るっているホテルには戻らず、自分の店を開くことを決め、プリシラは彼についていくことを決めたのだった。もちろん双方の家族は納得しなかった——とりわけ自分が父親を手酷《てひど》く裏切ったことをプリシラはわかっていた。でもどうしようもなかった。それはプリシラにとってはじめての恋で、恋の危険も儚《はかな》さも何もわかっていなかったのだから。ケンイチと離れるのは耐《た》え難《がた》かった。離れたら死んでしまうと思っていて、それに比べたら家族を捨てることも、言葉もわからない極東の国へ行くことも何ほどのこともなかった。

ケンイチと日本で一緒に暮らしたのは一年足らずだった。そのことで、プリシラは今はもうケンイチを憎んではいない。彼のせいではなかった、と思っている。蓼科高原近くに買った住居付きの小さな店——プリシラは祖父が彼女のために遺《のこ》してくれたまとまったお金を、頭金として差し出した——での蜜月が、ずっと続くはずだったのだ——ケンイチの兄が病気にならなければ。

病気はがんで、発見が遅かったから、助かる見込みはなかった。父親や母親が毎日のように泣きながら電話をかけてくれば、誰だって心が変わるだろう。ケンイチはあまりプリシラと口を利かなくなっていき、ある日突然、彼の父親が訪ねてきて、ケンイチと別れる条件としてこの店をプリシラに譲ること、ローンの残額を全額彼の家が負担することを提示した。ケンイチはすでにその条件を知っていた。そのことにショックを受けながら、彼がどうしてもホテルに戻らなければならないとしても、私と別れる必要はないだろうとプリシラは思っていたが、その騒動の中でケンイチにはあたらしい恋人ができていた。

地元の、幼馴染の女だということだった。俺のことをよくわかってくれているんだ、とケンイチは言った。私にはあなたのことがわかってないという意味？　とプリシラが聞くと、ケンイチは頷いた。君のせいじゃない、仕方がないんだ、生まれた場所も、育った環境も違うんだから、と彼は言った。ようするに彼の親族たちは、イタリア女を一族に迎え入れることを拒み、ケンイチは彼らに従ったのだった。間もなくそれがわかった。ケンイチの心は病気にかかっている。プリシラはそう思ったが、どうすれば治すことができるのかわからなかった。ある朝プリシラが目を覚ますとケンイチの姿は消えていた。そのまま日は過ぎていき、ケンイチと幼馴染の女が計画しているという盛大な披露宴の噂が耳に入ってくると、プリシラは自分がケンイチを憎みはじめていることに気がついて、あの愛の日々こそ、ふたりとも心の病気だったのだ、と思うようになった。

シラクサの海水浴場は、観光客でいっぱいだった。

崖の上に足場を組んで張り出したテラスに、色とりどりのスイムウェアがちりばめられている。女たちは老いも若きも必要最低限の部分しか隠さないビキニで、手足を伸ばせるだけ伸ばして、太陽を浴びている。タンクトップにマキシスカートという格好のプリシラのほうが、まるで一糸まとわぬ姿であるかのように人目を引いた。今日は真斗とミカを車に乗せてここまで案内してきたが、自分は泳ぐつもりはなかった。

テラスから鉄の梯子《はしご》が海面まで続いていて、今そこを、真斗がするすると下りていく。もう何日もここで陽にあたっていたかのように浅黒い肌をしているのは、東京で日焼けサロンに通っているせいだろう。色が白いと取引相手になめられるからね。冗談とも真面目ともつかない口調で、そう言っていたことがあった。コーヒー豆を主に、食品や雑貨を輸入する仕事をしている、というのがプリシラが彼から聞いた説明だが、なんだか要領を得なかったし、本当かどうかわからない。プリシラにとって真斗の職業がなんであるかは重大事ではなかったから、探ろうとも思わなかった。

でもこの娘はどうなのだろう。

プリシラはミカを見下ろした。ここに着くなり真斗がひとりでさっさと泳ぎに行ってしまったから、子鹿みたいな日本娘をこのテラスに置き去りにしていいものかどうかわからなくて、帰りそびれて突っ立っている。ミカはてきぱきと持ってきた敷物を広げて、白いビキニ――隣の老女の象のような皺の中に埋もれている深紅のビキニに比べると、まったく奥ゆかしいデザインの――からはみ出した部分に日焼け止めを熱心に塗りたくり、今ようやく俯《うつぶ》せに寝そべったところだ。そのミカが、ぱっと顔を上げてプリシラを見た。

「泳がないんですか？」

日本語で聞いた。プリシラは肩をすくめて、スカートを摘《つま》んでみせた。日常会話程度なら不自由なく日本語を喋れるのに、私はガイジンぶっている、と心中で苦笑する。ミカに好感を持ちながら、一方で苦手に感じているのは、彼女が若すぎるからかもしれない。

「長野でお店をやってらしたんですよね」

「ええ、そう」

「一度は真斗の恋人だったんでしょう？」

そういう説明をしているのか。それにしてもそれをこの娘が私に明かすのは正しいのだろうかと思いながら、

「ノーコメント」

とプリシラは答えた。

「やっぱり」

とミカはニヤッと笑う。カマをかけたというわけか。

「いいんですよ、気にしません。ノープロブレム。彼がそういうひとだっていうことは、わかっているから」

「彼はあなたに夢中ね」

仕方なくプリシラはそう言った。「今のところは」という言葉はもちろん付け加えなかったが、その配慮がわかったような顔でミカは微笑んだ。

「あなた、いくつ？」

「二十五です」

「二十五……」

それはまさにプリシラが日本へ渡った歳だった。二十三のときにケンイチと出会い、二十五で家族を捨てて、二十六でケンイチから捨てられた。

「素敵ね」

プリシラは社交辞令的にそう言った。自分がもはやその歳に戻れないことが悲しいのか、それともほっとしているのか、やっぱり覚束なかった。

今考えれば、さっさとイタリアに帰ればよかったのだ。

自分のものになった店を売り払って、そのお金を持ってシチリアの家に戻ればよかったのだ。家族は受け入れてくれただろうし、もらったお金で家やホテルを直したり、家族にプレゼントしたり、気が晴れるような買いものをすることができただろう。

でも、二十六歳のプリシラはそうしなかった。ケンイチに捨てられても人生にはまだ捨てられていないと思いたくて、意地になっていた。イタリアに帰ったら負けだと思っていたのだ。

店と家のリフォームはもう済んでいた。外構にはまだ手をつけていなかったから、そのぶんのお金を、家のローンの残額にプラスしてプリシラは請求した。たいした額ではなかったから、さして揉めずにその額は「手切れ金」に追加され、結果として「ほら見ろ、結局そういう女だったんだ」という印象をケンイチに植えつけることにもなっただろう。そのことにプリシラはもうかまわなかった。人生に負けないためにしなければならないことがたくさんあった。この異国で、ひとりで店をやっていくこと。評判の店にすること。片言の日本語をもっと喋れるようにすること。それに新しい男を見つけること。

ある冬の日に泰史は軽トラに乗ってやってきた。二日前に結構な量の雪が降り、辺りはまだ真っ白だった。「ガーデニング、ガーデナー、ニワシ（庭師）」と行き合う誰彼に連呼して、教わったのが「ななかまど園芸」の電話番号だったのだ。

あの日の光景は記憶の中で、白いとろんとした靄《もや》に包まれている。雪の白、吐く息の白、泰史が着ていたアラン編みのセーターの白、温めたミルクの白。庭づくりの打ち合わせのために店内のテーブルに通して、コーヒーにしますか、紅茶がいいですかと聞いたら、できたらホットミルクをお願いします、と泰史は答えたのだった。そう言われればホットミルクが似合いそうな日だとプリシラは思った。ふたりぶんのミルクを温め、泰史には黙って、蜂蜜とウィスキーを垂らした。向かい合ってそれを飲み、その液体が喉を滑り落ちていったとき、予感した。予感。いやあれは意志だったのだろう。この男を得る。私はそう思ったというよりはそう決めたのだ、とプリシラは思い返す。

だから誘惑したのはプリシラのほうからだった。泰史に家族がいることなど気にもしなかった。プリシラに必要だったのは男で、夫ではなかったから。自分にとっての泰史が夫ではなく男であれば、家族から彼を奪うことにはならないだろうと身勝手に考えていた。日本の男に騙《だま》されて捨てられて、長野の山奥でひとりぼっちになったイタリア女にとって、頼れるのは泰史だけだというふうにプリシラはふるまった。それで泰史は、最初はプリシラのことをそれこそ犬みたいに思っていた節があった——寄る辺のない子犬みたいに。だが、ふたりが男と女の関係になると、泰史ははじめてそれを覚えたティーンエイジャーみたいに夢中になった。彼の心が、家族を捨てる準備をはじめたことにプリシラは気がついたけれど、止めなかった。その頃には欲が出ていた。泰史を自分ひとりのものにしたくなっていたのだ。プリシラもまた、熱に浮かされたように泰史に心をとらわれていた。あの心の作用は、今も説明できない。

結局のところ愛したり恋したりするという行為は、一種の病気なのかもしれない。本当の愛だったとか偽物の恋だったとか、そんなことはそれが終わってからしか言えないのかもしれない。

泰史が家を出て、一緒に暮らせるようになったときには嬉しかった。泰史の家族にすまないと思う気持ちより、嬉しさのほうが大きかった。それに、こんなふうに私のことだけを考えるようになった男が、たとえ家族と一緒に暮らしていても家族はつらいだけだろうとも考えた。けれども同棲がはじまって間もなく、ふたりはベッドを共にしなくなった。泰史の体が、反応しなくなったのだ。一過性のものだと信じて、あれこれ試してみたけれど、だめだった。何より泰史本人に、それを治す気がないようにプリシラには感じられた。罰というのはこんなふうに与えられるのだとプリシラは考えた。そしてその罰を与えているのは泰史だと思えた。間違いだったのかもしれない。泰史がそう思っていることをプリシラは感じたし、もしかしたら自分も同じことを感じているのかもしれなかった。でも、そのことは言わなかった――お互いに。泰史が言い出せば、私たちは話し合うだろう、とプリシラは思っていたが、自分から言うつもりはなかった。間違ったことをふたりとも認めようとしないまま、繭みたいな檻の中に、互いに互いを閉じ込めていた。

プリシラはまだ十分に若かった。肉体の交わりがなくなっても、ふたりの日々は穏やかにやわらかく、いっそ過剰なほどの思いやりに満たされて過ぎていったが、プリシラにはそれだけでは足りなかった。そんなときに真斗が店にあらわれたのだった。東京の男だったが、茅野に取引先があるとかで月に一、二度、最初は女連れで、次からはひとりで食事に来た。真斗に才能があるとしたら、それは女の欲望を嗅ぎつける嗅覚だった。真斗は店には来なくなった。そのかわりにプリシラが店の外に出かけていき、彼と寝た。そのことはたぶん泰史も知っていただろうとプリシラは思う。そういう二十五年間だったのだ。

父が倒れたという報せが届き、イタリアへ帰る決心をしたとき、プリシラは泰史に、一緒に来てほしいと言った。残りの人生は、家族のために生き、この犬みたいなやさしい男に捧《ささ》げる決心をしていた。泰史は首を振った。ムリダヨ、と言った。ムリ？　どうして？　海を渡るだけじゃない。それに、あなたはもうとっくに、海を渡っていたようなものじゃない。プリシラは言った。本物の海を僕が渡ったら、君は今よりもっと困るよ、と泰史は言った。

「泳いできますね」

ミカが言った。まったく子鹿さながらにぴょんと跳ねるように起き上がり、優雅な動きで梯子のほうへ歩いていく。陽光にきらめく海原へ彼女が泳ぎだしていくのと、沖のほうから真斗がきれいなフォームのクロールで戻ってくるのが見えたのはほとんど同時だった。ふたりが互いに気づかぬままにすれ違うのを、プリシラは見ていた。

その夜ダイニングの入口で、「マサト、マサト」と連呼する若いアジア人のグループは宿泊客ではなかった。どうやら昼間あの後、海で知り合ったらしい。プリシラが厨房から店内を窺ったときには真斗は彼らとともに大きなテーブルに着いていた。聞こえてくる言葉からすると韓国人のようで、コミュニケーションは双方ともに怪しい英語で行われている。

宿泊せず食事だけの客も受け入れているから、アリダがメニューを持っていった。真斗とミカはすでに食事をはじめたところだった。離れたテーブルで、ミカがひとりきりになっている。プリシラはあらためて大テーブルのほうを見て、グループの中のひとりの娘と真斗がいい雰囲気になっていることに気がついた。シチリアでもいかんなく「才能」を発揮しているのだろう。ミカのことはどう説明しているのだろう、妹ということにしているのだろうか、それともシャイな日本娘だから呼んでも来ないよとでも言っているのか。

韓国人のほうが気にして、チラチラとミカのほうを見ているが、ミカは素知らぬ顔でワインのグラスを傾け、料理を着々と口に運んでいる。あんたが苛々したって仕方がないわよとプリシラは自分に言って、調理に戻った。アリダが戻ってきて「どうなってるの」と呟いたが、聞こえないふりをした。そのあとはもう客席には目を向けなかった。

明け方近くに、プリシラは目を覚ました。

ベッドに入ると寝つくまでにすこし苦労するが、いったん寝入ってしまえば仕事の疲れで深く眠る。そういう自分の目を覚まさせる物音か気配があったような気がして、窓の外を覗くと、中庭の庭園灯の明かりの中に、ミカが立っているのが見えた。プリシラはしばらく迷ってから、ガウンを羽織って階下へ下りた。

朝露をまとった草の匂いが濃かった。土を踏むサンダルは足音をほとんど立てなかったのに、数歩でミカは振り返った。タンクトップに木綿のショートパンツという姿で、手に煙草《たばこ》を持っている。

「ここは禁煙ですか？」

はっとした表情を隠すように薄く笑って、ミカは言う。ジョークのつもりらしいが、あまりうまくはない。

「眠れないの？」

ガウンの前を掻き合わせながらプリシラは言った。寒くはなかったが、Tシャツの裾を長くしたようなワンピース型の寝間着をまとった自分の肉付きのいい体が、ミカの前だとひどく生々しいもののように感じられたのだ。

「煙草を喫《す》いに出てきただけ」

喫いますか？　とミカがセブンスターの箱を差し出したが、プリシラは首を振った。料理人を志して以来、喫煙しようと思ったことはない。

「部屋で喫うと真斗がいやがるから」

「彼、健康オタクだもんね」

日本で覚えた言葉をプリシラは使った。

「セックスのあとの一服」

ミカは言って、挑戦的な表情でプリシラを見た。

「ずうっとやりまくってたんですよ、夜通し。ヤリマクルってわかります？　一晩中セックスしてたの。だから大丈夫ですよ、心配しなくても。アイムオーケー」

ミカはニコッと笑った。笑うと歳よりもうんと若く見えた――少女みたいに。心配はしてなかったわ、とプリシラは言った。それからあらためて迷ったが、やはり言うことにした。

「真斗は私のセックスフレンドだったの。私たちもヤリマクル……関係だったの」

ミカは眉を寄せ、考える顔をしてみせた。

「どうして私にそれを言うんですか？」

今度はプリシラがミカと同じ顔をしてみせた。

「私は、悪い女だから」

「アハハ」

ミカは笑った。その笑い声のからりとした軽さを、たのもしいとプリシラは思った。打ち明けたのは実際のところ、若い娘にこんなふうに笑い飛ばしてもらうためだったのかもしれない――それで何かが許されるとは思わないけれど。

空が白みはじめていた。プリシラは部屋に戻ったが、ベッドの中でずっと目を開けていた。朝食の時間になって厨房から店内を覗くと、真斗とミカはひとつのテーブルに着いていた。ミカが厨房のほうをちらりと見ながら何か言い、真斗が笑い、それからふたりはテーブルの上で手を取り合って顔を寄せ、何かを囁きあっていた。マスチフの仔はいらないと兄に言おう。プリシラはなぜか突然そう決めた。

8

祐一のいびきが聞こえてくる。

ゴーッ、ゴーッという小さな低い、規則的な音。ああ、夫は本当に眠っているのだと思って、真希は少し安心する。隣の布団で私は眠れずにいるのに祐一があっさり眠りに落ちるというのは理不尽な気もするが、とにかくこれで、私は眠っているふりをしなくてもいいのだ、と。

夫婦の寝室にしている八畳間には、テレビと古臭いドレッサー——結婚したときに真希が買った——と、果実のように服が吊り下がったハンガーラックくらいしか家具がない。母親との共有部分にほかのものはなんでもあるから、これで足りてしまうのだ。布団はひと組ずつ、十センチほど離して敷く。

ときどき祐一が真希の布団に入ってくる。今夜もその日だった。終わってからもう三時間あまりが経った。ゴーッ、ゴーッ、ゴーッ。夫のセックスと夫のいびきは似ていると真希は思う。律儀で、規則正しくて、本人の意思がほとんど感じられないところなんかが。セックスの場合、求めてくるのはいつでも夫のほうからではあるから、彼の意思は介在しているはずなのだが、真希には彼が植物に水遣《みずや》りでもしているように感じられる。くったりした葉を見て、反射的に散水するようなもの。枯れないように水をやる。水をやるのは面倒だが、枯れたらもっと面倒なことになりそうだから水をやる――。

そのようなセックスの頻度が、この頃は以前より間遠《まどお》になっている。そのこと自体は真希にはどうでもよかった。性欲のようなものはもうほとんど失われてしまった（その点では夫と同様なのだろう）。ただ最近、夫の不審な外出も減っていた。隠すのが上手になったわけではなく、夫が自分に嘘を吐くことが減っているのだということが真希にはわかる。ふたつのことは関係があるのかどうかが気になっている。

ゴッ、と祐一は息が詰まったような音を出した。真希は一瞬びくっとして、夏掛けの中に顔を埋めて夫のほうを窺った。祐一は身じろぎし、仰向けから真希に背中を向ける姿勢になった。ゴーッ、ゴーッ、ゴーッ。再び、いびきが聞こえてきた。

目を閉じるとなぜか瞼《まぶた》の裏に、百合中毒のポスターが浮かんできた。ずっとレジの背後の壁に貼ってあって、父親が補強したらしい赤いテープすら、もうところどころ剝がれているし、全体的にすすけたようになっている。「百合中毒」という言葉もドクロの絵も園芸店の中では異様だが、もう目が慣れてしまって、普段は気にもならない。でも、ときどきふっと、奇妙な気分になる。こんな薄汚れたものをどうしてこんな目立つところにいつまでも貼っているのかとか。「百合中毒」という言葉の、それこそ毒々しさとか。それなのに今まで一度も、客からポスターのことを問い質されていないこととか。少なくとも真希に聞いてくる客はいなかった。もしかしてあのポスターは、私たち家族にしか見えないのではないか……。

少しうとうとしたようだった。何かが聞こえたような気がして、真希はハッと目を覚ました。祐一はあいかわらず低くいびきをかいている――その音ではない。起き上がって窓に近づき、厚ぼったいウールのカーテンを少し開けてみると、闇の中にチラチラと小さな明かりが動くのが見えた。裏の駐車場のほうへ向かっている。

「起きて」

と祐一を揺すったときには、恐怖よりも好奇心があった。誰かのひみつがひとつ、明かされるような気がしたのだ。

「外に誰かいるみたいなの。起きて」

ぼんやりしたまま窓辺へ行った祐一は、動く明かりを見つけるといきなり窓を開けて「おい！」と呼んだ。一瞬後に明かりが消えて、ガランゴロンと、何かが転がるような音が聞こえた。おい！　待て！　と祐一はさっきよりも大きな声で叫ぶと、慌ただしくズボンを穿《は》いて、部屋を飛び出していった。

「待って、あなた、待って」

そのときには恐怖のほうが勝っていた。声をかけられ、あんなふうに逃げていく者たちは

――たとえそれが家族の誰かだったとしても――祐一に危害を加えるかもしれない、と思ったのだ。パジャマ姿のまま夫を追いかけて母屋の外に出ると、祐一の姿はもう見えなくて、車が発進する音と、「おい！」という夫の怒号だけが聞こえた。真希は急ごうとして、地面に落ちているものに足を引っかけてよろめいた。ポット苗だ。ふたつ、みっつとその辺りに転がっていて、近くには苗を運ぶためのトレーもあった。それらに気を取られている間に、祐一が戻ってきた。

「逃げられた、ナンバー見えなかった」

「誰だったの？」

「誰って、知るわけないだろう、泥棒だよ」

「泥棒？」

そうか、そうに決まっている。そうではないものを自分が期待していたような気がした。だがそれはなんだったのか。

母屋のドアが開く音がした。母親も騒ぎを聞きつけたのだろう。振り返るとそこにはふたつの人影があった――母親の横には、父親も立っていた。

祐一の軽トラの助手席に、今日は真希も乗る。防犯カメラを買いに行くことになったのだ。今日、店は休業日だから、祐一に真希が付いていくことに誰も反対できなかった。

被害届は出さなかった。トレーで運ぼうとして途中でひっくり返したらしいポット苗は十二個あって、土がこぼれたり花が落ちたり茎が折れたりしていたが、どれも修復可能だったし、ほかに盗まれたものはなかった。それでも、また来るかもしれないから警察に来てもらったほうがいいと、真希も、朝になって呼び出された蓬田さんも主張したのだが、母親は取り合わなかった。「そんな大げさなことじゃない」と。それならせめて防犯カメラを取り付けましょうと祐一が言うと、交換条件を呑まされるみたいな表情で承諾した。

「どうして警察に届けるのをいやがるのかしら」

走り出した車の中で真希は言った。青すぎる空を背景にして八ヶ岳が書き割りみたいに見える。明日から八月だ。一帯にはひとや車が増えてきている。

「いやがるっていうか……面倒なんだろ、事情聴取とかが」

祐一は答えた。

「べつに、お母さんがやったわけでもないのに」

ははっ、と祐一は笑った。

「しかし驚いたよな、お義父さん、家にいたんだな」

話題が変わる。ようやくそのことが話題になる、と言ったほうがいいのかもしれない。

「そうね」

「知ってたのか、真希も?」

「まさか」

「あれ絶対、昨晩だけのことじゃないよな。いつからかはわかんないけど、戻ってきて、お義母さんの部屋に隠れてたんだろうな」

「食事はどうしてたのかしらね。母がこっそり運んでたのかしら。まるで子供が捨て猫をこっそり飼ってたみたいね」

「ははっ」

さっきと同じように祐一は笑った。父親と母親のことを家族の誰かと話すとき、どう話しても「ちゃんと話してない」気持ちになるのはなぜだろうと真希は思う。

お父さん、いたの？

昨夜、父親の姿を見たとき、真希は思わず言った。父親は水色のTシャツに紺のスウェットパンツという、運動部員みたいな姿だった。お父さんは、風邪ひいてるの。母親がそう答えた。だから今だけ戻ってきている、というニュアンスだった。もしも遥があの場にいたら徹底的に問い質したに違いないが、真希と祐一は、それ以上は聞かなかった。

量販店で防犯カメラを五台買った。最近はクラウド録画とか何とかで、モニター不要のものが主流らしい。製品を選ぶのも店員の説明を聞くのも、真希にはちんぷんかんぷんだったから、所在無く近くをぶらぶらしていた。一階の入口から上がってくるエスカレーターに、男がひとり乗っていた。ベージュの帽子に同色のジャンパー、釣り人のような出で立ちの厚ぼったい口髭の男で、無遠慮にこちらを見ている。何なんだろうと思っているうちに、近づいてきた。

「祐さあん」

男が手を振り、祐一が振り返った。あきらかにぎょっとしている。

「防犯カメラ？　またなんかお宝でも買ったの？」

「店だよ、店用」

慌てた様子で祐一は答える。

「あ、奥さん？」

男は人懐っこい目を真希に向けた。真希は曖昧に微笑んで会釈した。どうもーと返しながら、男は祐一を肘で突《つつ》く真似をして立ち去っていった。

「さっきの、誰？」

買い物を終え車に戻ると真希は聞いた。親しげに喋っていたのは男だけで、祐一はほとんどひと言しか返していなかった。

「ただの知り合い」

答える祐一の口調は不機嫌で、答えたくないのだということがありありとわかる。それに「ただの知り合い」なんて何の答えにもなっていない。

「お客さんじゃないわよね。どういう知り合い？」

「茅野のスナックのひとだよ」

同業者や個人的に付き合うようになった顧客と、ときどき飲みに行くことは真希も知っている。だがそれならそんなに不機嫌になる必要はないだろう。

またなんかお宝でも買ったの？　真希がもっとも気になっているのは、さっきの男のその言葉だった。「また」ってどういうこと？　「お宝」って何？　そう聞いてみるべきなのだとわかっている。だが聞けなかった。それを知りたい気持ちより、それを聞いて自分と祐一とが陥る事態を恐れる気持ちのほうが大きい。

「お昼ごはん、どうする？」

それで、真希は自分のほうから話題を変えてしまう。祐一は黙ったまま、駐車場から車を出した。少し走ってから、「あのふたりさ」と言った。

「え？」

「あのふたり。お義父さんとお義母さん。ラブホテルに行ってるんだよ」

「ラブホテル？　え？　どういう意味？」

「俺、見たんだよ。今月の半ばだったかな、ペンション村からインター行く途中にラブホテルあるだろ？　あのふたり、そこを利用しているんだ」

「利用？　あなたはどうしてラブホテルにいたの？」

「俺はいたわけじゃない、後をつけたんだ。偶然、お義父さんの車を見つけて、横にお義母さんが乗っているのも見えて。そうしたらそれがラブホテルに入っていったんだよ」

真希は左手の人差し指を噛んだ。困惑すると無意識にそうしてしまう。自分から言い出したのだから、夫自身がラブホテルを利用していたわけではないというのは本当なのだろうと思う。それでも、知らされた事実とは無関係な疑問が湧き上がってくる。

「どうして今まで黙っていたの？」

「いや……なんか、忘れてたんだよ。っていうか、告げ口みたいで言いづらかったっていうか」

忘れていたのと言いづらかったのはまったく違うだろう。ようするに今まで言わなかった理由は、そのどちらでもないのだろうと真希は思う。


ラブホテルの件について話しているうちに町を離れてしまい、街道沿いのつまらないラーメン屋でそそくさと昼食を済ませて家に戻った。買ってきたものを母親に見せると——お金は彼女が出したから——「またずいぶんたくさん買ってきたのね」というのが第一声だった。

「五つよ。売り場の面積からしたら、すくないくらいだと思うけど」

真希が言うと、

「でも今まではひとつもなかったわけだからね」

という、意味のわからない返答をした。車の音を聞きつけて店舗のほうまで出てきていたが、父親の姿はなかった。どこにいるのとは聞けなかった——蓬田さんが母のそばにいたから。

蓬田さんは、結局辞めずにまだ働いている。辞めると言い出した時期に父親が出ていったことと関係あるのか、それとも辞めるといったのは母親との痴話喧嘩の一環みたいなものだったのかはわかりようもない。そうして今朝、父親が戻っていることを彼は知ってしまったわけだ。これからどうなるのだろう、と真希は思う。

「じゃあ、俺が取り付けますよ」

蓬田さんがそう言うと、母親も祐一もぐるりと首を回して彼を見た。真希も同じように見てしまった。何か言外の意味があるように思えたのだ。だがそれ以上誰も何も言わなかった。自分も手伝うと祐一が言うのではないかと真希は思ったし、言うべきだろうとも思ったが、祐一はただ、軽トラの荷台から防犯カメラの箱を下ろして蓬田さんの前に積み上げただけだった。

蓬田さんを残して三人は母屋に入った。互いにこの後の行動を探り合うような一瞬があってから、それぞれに分かれた――母親は自室へ、祐一はトイレへ、真希は何の目的もなくキッチンへ。さして飲みたくもなかったが水をコップに注いでいると、スマートフォンが振動した。

そのレストランは東京郊外にあって、緑溢れる敷地内には宿泊施設も有している。レストランには大きなテーブルがひとつきりで、客たちは全員がそのテーブルに着き、その日出会った偶然を楽しみつつ、かまどで焼いた肉やワインをシェアする――というのがコンセプトであるらしい。

そのサイトに辿りついたのは偶然で、「ディナーと一泊宿泊券（ひと組二名様）」のプレゼントに応募したのは、ほとんど発作的な行動だった。どうせ当たらないと思っていたが、もし当たったら……という願掛けのような気分はあったかもしれない。もし当たったら、祐一を誘ってみよう。そう思っていたはずだったのだが、プレゼント当選の報せが届いた今、その気持ちはあっさりかき消えていた。そんなしち面倒臭いコンセプトの店を、夫は絶対に喜ばないし、自分自身にしても、夫とふたりでそこで過ごすなど、考えただけで悲鳴を上げそうになる。

真希は朝食を用意した。コーヒーメーカーには一応、四人ぶんをセットした。父親があらわれるかもしれなかったから。けれども出来上がりの電子音が鳴り、パンとキャベツ炒めの用意ができても――こちらは大皿に盛って、取り分けることにした――その朝はまだ誰もあらわれなかった。

「お義母さんは？」

最初に入ってきたのは祐一だった。外から戻ってきたらしい。

「防犯カメラが壊されてる」

「えっ？」

真希は夫について外に出た。壊されていたのは屋外売り場に取り付けていたひとつらしい。母親もそこにいた。その足元で、カメラはバラバラになっていた。

「どうなっちゃってるの？」

思わず声を上げると、

「どうなっちゃってるのかしらね」

と母親は混ぜかえすように応じた。

「今度こそ警察を呼ばないと」

真希はそう言ったが、ふつうに考えれば恐ろしい出来事であるにもかかわらず、なぜか言葉ほどには切迫感はなかった。あいかわらずの、母親の平然とした表情のせいかもしれないし、祐一もおそらく自分同様の心地でいることがわかるせいかもしれない。

「あのふたりじゃないかしら」

母親がぼそりと言った。

「あのふたりって?」

「あの夫婦。百合中毒の。クレームつけてきた」

「えっ、どうして?」

「だってほら、ヘメロカリスの苗の棚が見えるカメラだもの」

「なんであのふたりが、そんなことするの?」

「自分たちの存在をアピールしてるのよ。いやがらせじゃない?」

「まさか……」

「警察沙汰にしたら、またあのひとたちが出てくるかもしれないでしょう」

どうしてそういう理屈になるのかさっぱりわからない。真希は祐一の顔を見た。祐一はあらぬかたを見ていた。カメラを壊したのは、もしかしたら母親ではないのかと真希は思った。あるいは父親か。蓬田さんかもしれない。祐一の可能性だってある。

結局誰も警察に連絡しようとしないまま、カメラを片付けると、三人は母屋へ戻った。真希が先頭に立ってドアを開けると、廊下の向こうに父親が立っていた。光の加減かまるで幽霊みたいに見える。いや、痩せているのだと真希は気づいた。この前はそこにいることにびっくりしすぎて気づかなかったが、数ヶ月前にあらわれたときよりもあきらかにやつれている。お父さん。声をかけようとしたがそれより先に父親はすっと奥に引っ込んでしまった。

その日の夕方、真希がレジを締めようとしていると、祐一がやってきた。今からちょっと出かけられないか、と言う。

「今から？　どこに？」

「ちょっと。夕飯までには戻れるから」

母親にはもう言ってあると夫は言う。真希は軽トラの助手席に乗った。車は茅野市街に向かって走った。濁《にご》りのない色の夕焼けがダッシュボードにくっきりした模様を作っている。

ほとんど会話がないまま車は町に入り、祐一はコインパーキングに停めると、その裏手の細い道を入っていった。

スナックやバーが何軒か、キノコみたいに連なっている一画で、「スナック　ぷりん」という看板を吊るしたドアを押す。カウンターだけの細長い店内の中ほどで新聞を読んでいた男が顔を上げ、「あれ、祐さん」と歯を見せた。この前、量販店で会った男だった。

「あれ、出してくれるかな」

祐一は言う。いいの？　と男は真希を見ながら言い、いいんだ、と祐一は頷く。男は厨房の奥に引っ込むと、黒い大きなケースを抱えて戻ってきた。

「これがお宝だよ」

祐一はカウンターの上でそれを開けた。銀色に光るものの名称は真希にはわからなかったが、吹いて音を出す楽器であることはわかった。

「サキソフォーンだよ」

と祐一が教えた。サキソフォーン。真希は声に出さず繰り返す。その名前は知っている。それがこれなのか。でもこれが何だというのだ？

「ここに置かせてもらってるんだ。その前は、べつの場所だったんだけど、いろいろあって。ときどき取りに来て、練習してたんだ。疑ってただろう？　俺のこと。でも違う、こういうことなんだ」

祐一の表情はどこか押し付けがましかった。これで満足だろう？　とその顔は言っていた。これが祐一のひみつ。嘘を吐いてこそこそ出かけていたのは、サキソフォーンの練習をするためだった。

真希はそれを理解したし、信じもした。でもどうしてかちっとも嬉しくならなかったし、安心もしなかった。

「どうして打ち明けることにしたの？　どうして今なの？」

男が聞き耳を立てていることにはかまわなかった。

「どうしてって……心配してるだろうと思ったからさ」

祐一はやや顔を曇らせて答える。真希の表情がいっこうに晴れないからだろう。

「どうしてサキソフォーンなんか練習するの？」

「どうしてって……」

「どうして私にひみつにしなくちゃならなかったの？」

「もっと上手になってから言おうと思ってたんだよ」

ヒューヒュー、と男が囃《はや》した。真希には祐一のその答えが信じられなかった。

「じゃあ吹いてみて、今」

「いやだよ。ここじゃ無理だよ」

「じゃあどこかへ行きましょう。いつも吹いていたところで、吹いてみて」

「いやだよ」

「いやだよ？」

真希の鸚鵡返《おうむがえ》しによって、祐一は自分がきっぱり拒否してしまったことに気がついたようだった。バツが悪そうに目を逸らした。ほらね。真希は心の中で呟いた。今はもう、どうしたら一刻も早くこの店から出ていけるかについて考えながら。問題はなにひとつ解決などしていなかった。むしろ複雑になってしまった。

新宿駅で私鉄に乗り継ぎ、着いた駅からバスに乗った。いくらか迷いはしたけれど、午後五時過ぎに店の前に着いた。

駅名も町名も聞いたことがなかったが、街中ではなく、寺や大きな公園がある、東京らしからぬ一画だった。木立の中に、高級別荘地で見るようなモダンな木造家屋が三棟建っていて、そのうち一棟がレストランになっていた。

どうしていいかわからずレストランを覗き込むと、そこにいたスタッフが奥の棟に案内してくれた。一棟にふたつあるゲストルームは、ゆくゆくは家具付きの住居として賃貸する予定なのだという説明があった。それで部屋には、ツインベッドの寝室のほかにキッチンもダイニングもリビングもついていた。ダイニングテーブルと椅子、ソファは北欧のデザイナーものふうで、壁には抽象的なリトグラフ、観葉植物がアクセント的に置かれている。

「はあ。なんか、すごいね」

遥が言った。結局、妹に声をかけたのだった。きっと来ないだろう、そうしたら自分ももう行くのをやめようと思っていたのだが、遥はあっさり誘いに乗った。

「賃貸っていくらくらいなのかな。百万円くらい？」

「いくら東京でもそこまではしないでしょ」

真希はまともに答えてから、百万円というのは妹の冗談だったのだと気がついた。

言われた通りに午後六時にレストランへ行った。ふたりの向かいに座ったのは、姉妹それぞれとちょうど同年代くらいの女性ふたりだった。席は店側によって決められているのだが、女性ふたりに男性ふたりを充《あ》てがうような席順は避けているのかもしれない（左端を占めているふた組は、カップルと男性ばかり三人のグループだ）。自己紹介までは強要されなかったので、双方ともに何となく微笑して、会釈し合う。

きれいな、というか婀娜《あだ》っぽい女性たちだった。ふたりとも大きな眼やぷっくりした唇を強調するような化粧をして、少し年上に見えるほうはぴったりした白いTシャツにスキニーデニム、もうひとりはレースのタンクトップにオーバーオールというカジュアルすぎるような格好だったが、プロポーションの良さやいくつもつけているアクセサリーや、そういうスタイルをしている本人たちがごく自然体に見えることによって、とても洒落て、こなれて見えた。いかにも東京の女たちという感じだった。真希も、たぶん遥も早々に気圧されていたが、女たちのほうは「交流」には何の興味もないようで、会釈のあとは自分たちだけでクスクス笑ったり囁きあったりしていた。

「おふたりはご姉妹ですか」

前菜――テーブルのミニチュアのような細長い板の上に宝石みたいに並べられた、一品ごとに説明が三分ずつかかるような凝りまくった五品――を食べ終わったところで、真希はそう聞いてみた。遥がびっくりしているのがわかる。

「いいえ～」

女たちは一瞬、顔を見合わせたあと、Tシャツのほうがニッコリ笑ってそう答えた。

「私たちは、姉妹なんです」

真希はさらに言った。

「そうじゃないかなって思ってました」

オーバーオールのほうが言った。興味を持ったふうには見えず、あきらかに面倒臭そうだった。

「おふたりともモデルさんとかですか？」

突然、何も恐れることはないという気分になって、真希は聞いた。

「いいえ～。ダンサーです」

Tシャツの女が答え、

「おふたりは？」

ともうひとりがしかたなさそうに聞いた。

「私たちは園芸店をやってます」

遥はちらりとこちらを見たが、何も言わなかった。

「へえ」

とオーバーオールの女が言い、もうひとりは何も言わずにワインを飲んだ。

「監視カメラが、この前壊されちゃって」

「へえ」

「監視カメラって、どこに取りつけてるんですか？」

「監視カメラは……」

真希が説明しようとするのを遮って、

「そんなのお店の中に決まってるじゃない、ばかね」

とTシャツの女がオーバーオールの女の腕を軽く叩いた。色とりどりの野菜が花壇みたいに盛り付けられた大皿が運ばれてきたのをきっかけに、会話は中断した。女たちにしてみれば、助かった、というところだろう。

それはわかっていたのだが、野菜を銘々が自分の皿に取ったところで、

「おふたりはお友達同士ですか？」

と真希は再び、女たちに話しかけた。

「お姉ちゃんたら……」

たまりかねたように遥が割り込む。

「どう見えます？」

オーバーオールの女が苛立ちをあらわにして言った。

「なんとなく、恋人同士かなって」

「お姉ちゃん、失礼よ」

「あたしたちって、恋人同士なの？」

「どうかしら」

「ウフフ」

「そういえばあなた、あたしに監視カメラとりつけたわね」

「あれは貞操帯って言うのよ」

「ウフフ」

女たちは勝手に喋りはじめた。そういう会話で、向かいの席の田舎者に拒絶の意思を伝えているのだろう。真希は突然、疲れを感じた。なんで私はこんなところにいるんだろうと思った。

「おいしいね」

慰める口調で遥が言った。うん、とってもねと真希は同意したけれど、実際のところちっとも味わって食べていなかった。

「あたし、家に戻ろうと思ってるんだよね」

テーブル中央のワインボトルに手を伸ばしながら妹は言った。店員に勧められた白ワイン一本を四人で飲んでいるのだが、向かい側の女たちはほとんど飲まず、姉妹ふたりで空けている。こういう場合会計はどうなるのかしらと、真希はさっきから少し気になっている。

「仕事辞めて、しばらくはうちの店の手伝いでもしようかなって」

「えっ、そうなの？」

真希は驚く。妹に何があったのだろう。だが続く説明はなくて、遥はあらためてボトルを摑んだ。店員が足早にやってきてそれを奪い取り、いつの間にか空いていた真希のグラスに注いだ。

「祐一さんはサキソフォーンを吹くのよ」

何も言わない妹の代わりに真希はそう言った。

「え、サキソフォーン？　何それ？」

「隠れてこっそり練習してたの、私にひみつで。サキソフォーンですって」

「何それ」

そう言ったのは遥ではなくて向かいの女だった。どちらなのかはわからなかった。ふたり声を合わせたのかもしれない。真希が笑うとふたりともウフフ、と笑った。このふたりに幸あれ、と真希は思った。そして、私は案外、祐一のことを愛していたのかもしれない、と考えた。

9

ふたりは少し気まずく、互いに顔を合わせないようにして、ほかの乗客がやってくるのを待っていた。シーズンオフの平日で、結局係員は、ふたりだけしか乗っていないゴンドラの扉を閉めた。逃げ場のない箱の中で見知らぬ男と女をふたりきりにすることに配慮しないものなのかしらと歌子はちょっと思ったけれど、同乗者となるその男に対して、警戒したというわけでもなかった。小さな青いリュックとトレッキングシューズ、チェックのシャツにチノパンツという出で立ちの、いかにも無害そうな男だった。

ゴンドラがゆっくりと動き出すと、男はすぐに歌子の向かいのベンチから立ち上がり、進行方向とは逆の、八ヶ岳が見える側の窓に張りついた。何かぶつぶつ言っている。そちら側の壁に八ヶ岳連峰の図が貼ってあり、山の名前をひとつずつ確認しているのだとわかって歌子は男を可愛らしく思った。

「登山ですか？」

声をかけてみると、男はぎょっとしたように振り返った。まるで歌子のほうが男性で、良からぬことを考えている、というかのように。歌子はそのとき二十二歳だったが、男は同じか、少し上くらいに見えた。

「登山っていうのもおこがましいですけど。ゴンドラに乗ってるわけだから」

男はあらためて歌子の姿を見て、少し安心したようにそう答えた。ゴンドラの終着点から入笠山の山頂までが、片道一時間程度の手軽な登山コースになっていることは歌子も知っていた。

「今頃はニッコウキスゲがきれいですよ」

「ニッコウキスゲ……どんな花なのかなあ」

何にも知らないのねと、歌子はまた可笑《おか》しくなった。植物に関心がなくても、ガイドブックにも観光案内のパンフレットにも、この季節の花のことは書いてあるのに。

「どちらからですか」

自分らしくない積極性に驚きながら歌子は聞いた。

「東京からです……久しぶりに休みが取れたので。本屋で働いてるんですけどね」

男はそんなふうに自分の情報を多めにあかしてから、ブラウスにスカートという歌子の姿を、今更不思議そうに眺めた。

「あなたも登山ですか？」

歌子は笑いながら、忘れものを取りに来たのだと答えた。男も笑った。歌子が土地の人間であることも、同時に伝わったようだった。

ゴンドラを降りるとふたりは会釈してそれぞれの方向へ別れた。前日に歌子は父親のお供でここへ来た。レストランの前庭の植栽を父親が請け負っていて、その打ち合わせがあったのだが、そのときに仕事用のスケジュール帳を忘れてきてしまったのだった。この時期には週末しか営業しないその店は、今日も閉まっていたが、スタッフが客席でべつの打ち合わせをしていた。歌子がそちらへ歩いていくと、大きくとった窓の向こうにニッコウキスゲの群生が見えた。山頂まで行かなくても、中腹にも花畑があったのだと思いながらなんとなく眺めると、さっきの男がその花の間を歩いていた。

歌子は忘れものを受け取って礼を言うと、入口ではなく窓のほうへ向かった。男がすぐに気がついたのは、彼もこちらを気にしていたからだと思った。男は嬉しそうに笑うと、大きく手を振った。歌子も手を振り返し、店を出ると早足になった。ニッコウキスゲの——男のほうへ向かって。


駐車場に停めた車から店まで歩く間に、歌子はカーディガンを脱いだ。今日はからりとした秋晴れで、自宅周辺も日差しが暖かかったが、街の気温はさらに二、三度は高い。

正午。通常はランチ営業はしていないという店だったが、この日はふたりのために開けてくれていた。蓬田の姉夫婦が懇意にしている店らしい。ふわりとした感じの女性がふたりを迎え、カウンターの中から店主らしき男性が「いらっしゃい」と挨拶した。

「パスタ、黒板の三種類しかできないんだけど、いいかな」

「作ってもらえるんですか」

蓬田が嬉しそうに聞くと、「もちろん」と店主は答えた。

「大事なパーティなんだから、どの程度の料理なのか、彼女にもたしかめてもらいたいでしょ?」

蓬田は照れくさそうに歌子を見た。歌子は微笑み返した。蓬田は猪肉《いのししにく》のラグーソースのタリアテッレを、歌子はタマゴタケ入りのカルボナーラを頼んだ。

「おめでとうございます」

女性がグラスに入れた水を運んできて、そのままふたりの向かい側に座った。今日、ふたりは打ち合わせに来たのだった。パーティの参加者の人数、予算、料理のスタイル、お土産は用意するか……。蓬田は照れてばかりでほとんど役に立たず、話を進めたのは歌子だったが、てきぱきと質問に答えたりこちらから提案したりしながら、それが自分ではない誰かであるような感じをずっと覚えていた。

「お食事は、おふたりでごゆっくりね」

パスタが運ばれてくると女性はそう言って席を立った。カウンターの中から店主の姿も消えていて、しばらくは食べながらふたりきりで相談させようということなのだろう。そうなると、歌子は何を言えばいいのかわからなくなった。仕方なく、カルボナーラをせっせと食べた。

「おいしいわね」

本当においしかったからそう言うと、

「こっちも食ってみる？」

と蓬田は言った。皿を交換した。猪肉のソースもおいしかった。

「いいお店ね」

歌子は言った。今年のクリスマスイブにここでささやかなパーティを開くことを、ふたりで決めた。歌子と蓬田の「婚約パーティ」だ。蓬田が言い出して、歌子は同意した。婚約というのは、そう言うのが一番簡単だからで、ようするに、歌子と蓬田が公私ともにパートナーであることを、家族や知り合いに披露するのが目的だった。

「本当にいいの？」

いつも、何回でも聞くことを蓬田がまた聞いた。歌子は頷く。

「みんなには、いつ言う？」

「娘たちには今夜にでも言うわ。クリスマスイブだから、先に予定を入れられないうちに。あの娘《こ》たち、予定もないとは思うけど」

歌子は言った。蓬田は再び取り替えた皿の中の、平たいパスタをくるくるとフォークに巻きつけた。それを口に持っていくことはせずに、

「彼には？」

と聞いた。

「言うわ」

と歌子は答えて、

「もちろん」

と付け加えた。


自分の店に戻ったのは三時少し前だった。

歌子にはなんの相談もなく突然仕事を辞めてアパートも引き払った次女の遥は今、店の仕事を手伝っている。困ったことと言うべきなのかもしれないが、おかげで営業時間中に、蓬田とふたり私用で出かけることもできたのだった。

駐車場で蓬田と別れ、店頭に出る前にいったん家の中に入ると、待っていたかのように廊下の電話が鳴りはじめた。なんとなく胸騒ぎを覚えながら、歌子は取った。

「七竈泰史さんのお宅でしょうか？」

女性の声がそう訊ねた。はい、と歌子は答えた。相手は総合病院の事務方だと名乗った。

「失礼ですが、奥様ですか？」

歌子は一瞬迷ってから、「はい」と答えた。とにかく戸籍上はまだそうなっている。

「今日の診察に、七竃さんがお見えにならないのでご連絡しています。今日予定されていた検査を受けていただかないと、手術のスケジュールも変わってきてしまうので……」

「わかりました」

歌子は平静を装ってそう答えた。わかったのは、泰史は今日、病院へは行っていない、ということだったが、それは先刻承知という口調で。夫（そう夫だ、まだ夫だ、あのひとは家を出てあの女の元へ行ったあとも、籍を抜こうとしなかった）は今、急な仕事が入って出かけている、慌てていたのでそちらへ連絡できなかったのだと思う、携帯が繋がったら、病院に電話をするように伝える、というふうに説明した。本当のことはひとつも言わなかったが、泰史の行動について自分が蚊帳《かや》の外だったと、他人から思われるのはもうたくさんだった。

検査のことも手術のことも歌子は知っていた。一緒に医師の説明を聞いたのだ。病気のことを泰史から打ち明けられてから、何度か病院に同行した。泰史が付き添いをあっさり受け入れたのは、あの頃はさすがに動揺していたせいかもしれない。

次第に、ひとりで病院へ行きたがるようになってきて、今日もそうだった。検査だけで医者の説明もないからひとりで行くと言い張った。朝、歌子の部屋を出て、レンジローバーに乗り込むところまで歌子は見届けた。病院へ行ったはずだったのだ。だが行っていなかった。検査をすっぽかした。また嘘を吐かれた。

自分のスマートフォンから、泰史のそれにかけてみる。ほとんど予想通りではあったが「ただいま電話に出ることができません」というメッセージが応答した。据え置きの電話から一回、間を空けて再びスマートフォンから一回、それを二度繰り返したが、同じことだった。繋がらない。繋がらないようにしているとしか思えなかった。


初夏に突然戻ってきた泰史は、その二ヶ月後に、またいなくなった。

朝食をともに食べたあと、歌子やほかの家族が店に出ている間に、姿を消した。戻ってきたことを受け入れるかどうかをまだ決めてすらいなかったのに。

夜になって電話が通じ、イタリアンレストランにいることがわかった。どういうつもりなのかと聞いてもはかばかしい答えは得られず、「家に戻ったのが間違いだった」と言うばかりだった。それならいったい何のために戻ってきたというのか、私の気持ちを嬲《なぶ》るためだけだったのか。怒りと悲しみのどちらが大きいのかわからぬまま眠れぬ夜を何日も過ごしていると、電話が鳴って、泰史から呼び出された。近くまで迎えにいくから、誰にも見つからずに出てきてくれと。何を考えているのだろう。何て勝手なのだろう。話だけ聞いて、もうこれきりにするつもりだった。絶対に、二度と戻ってきてくれるなと言い渡そうと思っていた。レンジローバーに乗り込むと、車が向かった先はラブホテルだった。祐一に後をつけられたときだ。

目的地がそこだとわかったとき、歌子は笑い出したくなった。それまで、同じ部屋で夜を過ごしてはいたが、触れ合うことはいっさいなかった。ほかに考えることがありすぎたし、泰史のほうからそれを求める気配もなかった。そんなふたりがやってきたのがラブホテルだなんて。たぶん、そこがふたりの最後の場所になるなんて。

「素敵だね、それ」

部屋でふたりきりになると、泰史は言った。歌子のワンピースのことだった。よそ行きの服を着てきたのは、最後だと思ったからだった。でも、泰史から嬉しそうにそう言われると、自分がどういうつもりだったのかわからなくなった。

「何のつもりなの？」

歌子は言った。自分の心がわからないとなれば、泰史に聞くしかない。ふたりはそのとき、向かい合って突っ立っていた。山と渓谷の風景が描かれた壁、緑色の布団がのった円形のベッドという、ばかみたいな調度の部屋で。

「僕はどうも、まずい状態らしいんだ」

泰史は言った。歌子が彼の病気のことをはじめて知ったのはそのときだった。体調がいろいろとおかしく、病院で検査してみたら、悪い病気が見つかった、と。

「戻ってきて病気になって看病してもらうなんて、あんまりずうずうしいからさ。出ていくことにしたんだよ」

「じゃあ何で私を呼び出したの。何で私にそれを知らせるの」

「そうだよな」

泰史は俯いた。

「最後に一回だけ、歌子に触りたくて」

そこにいたのは二時間だった。「休憩」時間が終わるまで、歌子は泰史と並んでベッドに横たわっていた。服は脱がなかったし、性的な行為もなかった。ただ、体の側面をぴったりくっつけて、並んで横たわっていた。それから泰史に抱き寄せられて、その腕の中に歌子はすっぽり入り、そうだ、この男はこんな匂いだったと思い出していた。

そうしたのは彼同様に、私も動揺していたからだろう。歌子は自分にそう説明していた。誰だって、たとえ自分を捨てた男だって、こわい病気になっていいはずはない。それに、彼を励ますためもあった。病名を言い渡されて、泰史はひどく消沈していた。誰だって死ぬまではちゃんと生きていなければならないのだから、あんなふうにあきらめているのを放ってはおけない。ちゃんと治療を受けて、治す努力をするように説得しなければならない。それで、歌子はそうした。家に戻ってくるように泰史に言った。とにかく病気の間は、いていいから、と。

歌子が講師を務める寄せ植え教室の開始時刻が迫っていた。歌子は遥を探した。秋植えの苗売り場で、店員というより客みたいにぶらぶらしているところを見つけて、腕を摑んだ。

「今日の寄せ植え教室の講師、代わってちょうだい」

「え？　何よ急に。無理に決まってるじゃない」

遥は母親の形相にびっくりしたように答える。

「植え込み材はもう揃えてあるから。あんただって一度は勉強したでしょう。あんたのセンスで適当にやっていいから」

「適当にって……どうしちゃったのお母さん。何があったの？　お父さんがどうかしたの？」

歌子は返事に詰まる。戻ってきた泰史がまたいなくなり、かと思ったら今は家にいること、彼が病気であることは今では家族内の「公然のひみつ」となっているが、現在のこの事態を娘に明かしたいとは思わない。

「どうしたの？」

真希も近づいてきた。この長女は今、夫をこの家に残して、アパートを借りて暮らしている。夫とは別居生活で、仕事の間だけ戻ってくる。「離婚を考えてるの」というのが真希の説明で、「なんとか修復しようと思っています」というのが娘婿の説明だった。遥の退職同様に、長女夫婦がいつの間に、どうしてそんな事態になったのか歌子にはさっぱりわからない。全部泰史のせいのようにも、全部自分のせいのようにも思える。

「もう、いいわ」

言い捨てて、会場へ向かった。

寄せ植え教室の今日の受講者は十人ほどだ。アラン編みのタートルネックのセーターの上に分厚いデニム地のエプロンを着けて、歌子はその前に立つ。

娘たちに事情を説明することを拒否するとすれば、そうするしかない。終わらせてから泰史を探しに行こう。講座は一時間。一時間あれば彼には何ができるだろう。どれほどの距離を彼は私から離れていくだろう。でもたった一時間だ、とも歌子は考える。二十五年間もあの男は私から離れていたのだから、夫はもう死んだものと思い込むことができていた時期もあったのだから、今更一時間がどうだというのか、と。

「まずはこれ、ニッコウキスゲですね。今回はこの花をメインにします」

そう言ってから、歌子はあっと思った。手にしているのはサーモンピンクの小花のポットだった。泰史のことで頭がいっぱいなせいで間違えてしまった。

「ごめんなさい、コレオプシスでした。ニッコウキスゲだなんて……どうかしてる」

幾人かが笑った。

「ニッコウキスゲの花言葉は、〝心安らぐ人〟なんですよね」

笑った中のひとりが発言した。度々この講座に顔を見せる五十代くらいの女性だから、気遣ってくれたのかもしれない。

「そうなんですね。では心安らかに参りましょう」

さっきよりも多くの受講者が笑い、歌子は次の花苗を手に取った。

ニッコウキスゲ。

そうだ、あれも百合ではないか。

受講者の植え込み作業を見て回りながら、歌子はふっとそう思う。泰史との思い出の花、ゴンドラに同乗した男と結婚し、蜜月が過ぎ恋情が生活の中に紛れ去っていったあとでさえ、その群生を見ると甘い気持ちになれた花。泰史がイタリア女の元へ出奔したあとは、甘い気持ちがぐるりと憎悪に変わった花。その憎悪は泰史にというより、花そのものに向かうようだったけれど。

ニッコウキスゲは別名ゼンテイカ（禅庭花）ともいう。濃い黄色の花の形はまさに百合で、デイリリーと呼ばれるヘメロカリス同様に、開いた花は一日で萎む。やっぱり猫が食べると具合が悪くなったり最悪死んだりするのだろう。そういう花が、私と泰史の最初には咲き乱れていたのだ。


ラブホテルへ行った後、泰史は歌子の部屋には戻ってきたが、家族の前には頑《かたく》なに姿をあらわそうとはしなかった。夜中に泥棒騒ぎが起きたときにうっかり出てきてしまったから、あなたがまた戻ってきたことはどうせもう、みんなわかっているからと歌子が言っても、食事を一緒に取ろうとしないのはもちろん、入浴もトイレを使うのも、なるべくほかの家族と鉢合わせしないようにこそこそしていた。そういう心理は歌子を苛立たせたけれど、歌子にしたって結局のところは、家族になんの説明もできなかったしするつもりもなかったのだから、こそこそしていたのは同じだった。

　蓬田ももちろん、泰史が再度戻ってきたことを知っていた。その上で、歌子に結婚を申し込み、歌子はそれを承諾したのだ。私の承諾によって、蓬田はある種の納得をしたか、すくなくとも納得をすることにしたのだろうと歌子は思う——つまり、私が泰史を部屋に置いているのは、愛情というより人道的な気持ちからであると。歌子自身もそう思っていたし、そう思うことにしていた。でも、自分が本当に蓬田と結婚したいと思っているのか、あるいは泰史を部屋に匿《かくま》っていることを蓬田に納得させるために結婚を承諾したのかは、よくわからなかった。

　寄せ植え教室が終わると歌子は軽トラを駆って「シラクサ」へ行ってみたが、店の扉には鍵がかかっていて、泰史の車も、彼が中にいる気配もなかった。そこにいないとなればほかに探しようもなく、しかたなく自宅に戻ってきたが、夜になっても泰史は歌子の部屋に戻ってこなかった。それこそ泥棒みたいに、夜中にこっそり窓から帰ってくるのではないかと、歌子はベッドの中で、暗闇にじっと目を凝らしていた。一睡もしないまま明け方近くになって、ベッドの横に敷きっぱなしになっている泰史の布団に移った。そちらのほうが外の足音が聞こえるような気がして。布団はしんと冷え切っていて、その冷たさの中に泰史の匂いも混じっていた。それらが体の中にじわじわと沁《し》み入ってくるようだった。それに抗うように歌子は幾度も寝返りを打った。何かの拍子に手が枕の下に滑り込んだとき、そこに何かが挟まっていることに気がついた。

折りたたんだ紙片だった。広げてみると泰史の文字が並んでいた。

歌子さま
迷惑をかけたくないから、やっぱり出て行きます
あとは自分でなんとかするから、心配しないでください
蓬田君と幸せになってください
泰史

歌子は跳ね起きた。今度こそ正真正銘の怒りに燃えていた。置き手紙だなんて。こんなもののひとつで、また勝手にいなくなるなんて。

廊下を小走りになり、ノックもしないで遥の部屋のドアを開けた。子供時代のままの小さなベッドで熟睡していたらしい娘は、何事かという顔で目を覚ました。

「電話を貸してちょうだい」

「え？　何？」

「あなたの電話。私の電話からかけても、あのひと絶対出ないから」

状況がさっぱり飲み込めていない顔のまま、母親の勢いに気圧されるようにして遥は枕元にあった自分のスマートフォンを差し出し、歌子は苛々と泰史の番号を探し出すと、再び娘のス

マートフォンに持ち替えて電話をかけた。午前五時少し前。どこで眠っているとしても、こんな時間に娘から電話が入れば、何事かと思って出るだろう。

「はい？」

果たして、呼び出し音七回目で泰史は出た。

「どこにいるの？」

歌子の声を聞いて、はっとする気配が伝わってくる。切られるかもしれないと思ったが、泰史は歌子の言葉を待つつもりのようだった。

「どうしてちゃんと病院に行かないの？　検査をすっぽかしたのね。手術のスケジュールがずれるって言われたわ」

「手術はしないよ」

言わなかったっけ？　というふうに泰史は答えた。

「しないって……どうして。悪いところを切ってもらわなきゃ、治らないわよ」

「切っても治らないよ。そういう見立てだったじゃないか。そのあとも抗がん剤が必要だって」

「だから、手術も抗がん剤も、治すために必要だってことでしょう」

「治る可能性なんてほとんどないよ。調べたんだ。手術しても生きてる時間がほんの少し延びるだけなんだよ。もういいんだ」

「そんなこと、わからないじゃない」

歌子の口調は弱々しく揺れた。一緒に説明を聞いたとき、医師の口調から、今泰史が言っているようなことは歌子にも伝わったのだ。

「だってこのままじゃ苦しいわよ」

「手術や抗がん剤だって苦しいよ。いいんだ。もう十分生きたから」

歌子の体の中が熱くなった。怒りのせいだと思った。十分生きた。私を捨てて家を捨てて、よその女とともに暮らした日々を、「十分生きた」と言うわけか。それを私に伝えているのか。

言葉が出てこなくなると、沈黙が数十秒続いたあとで電話はぷつりと切れた。

「何？　何の話？　手術って何？」

血相を変えて問い詰める娘の前に、それが毒物であるかのような気分でスマートフォンを置くと、歌子は黙って部屋を出た。


ゴンドラはゆっくり上がっていく。

そうだ、あのときも泰史とふたりきりだった。初冬。ゴンドラで山頂に上がろうという者など他に誰もいなかった。紅葉の季節はすでに終わっていて、眼下に見えるのは葉が落ちたあとの枝ばかりだった。

夫の心に起きていることに、少しずつ少しずつ気づいていった日々の、あれが最後の一日だった。定休日に泰史からドライブに誘われて、歌子は能天気にも、ああ、やっぱり思い過ごしだったのだ、と安堵したのだった。でも泰史にとっては告白のためのドライブだった。ゴンドラに乗り込んで下界を見下ろしたとき、歌子はそのことに気がついた。

ゴンドラを降りてからその辺りを少し歩いた。公園も花畑も枯れきったようになっていて、風景はほとんど無色に見えた。大学生くらいの青年と娘が、道の真ん中に突っ立って大きな声で口喧嘩していた。間違いだったわ！　と娘が叫んだのが背中に聞こえた。

「家を出たいんだ」

と泰史は言った。娘の絶叫に背中のボタンを押されたとでもいうように。

「プリシラのことが放っておけないんだ、自分でもどうしようもないんだ」

歌子が黙っていると、泰史はなおも言った。

「彼女と一緒に暮らしたいんだ。すまない。どうか許してくれ」

「間違いだったということね」

歌子は言った。え？　と泰史は聞き返した。

「私はあなたにとって間違いだったのね」

泰史は何も答えなかった。

翌日は休日で、歌子はこの日も蓬田の車で出かけた。

そういう約束だったからだ。ふたりで暮らす家を見に行くことになっていて、不動産屋とも現地で待ち合わせている。

助手席で歌子はもぞもぞと体を動かし、羽織ってきたコートを脱いだ。「暑い？」と蓬田が聞く。暑くはなかった。ただ体に覆いかぶさっているものがじゃまだったのだった。今日は昨日までとは打って変わった暗い曇天で、気温も低かった。

「景色が素晴らしいんだよな、山が一望できて」

歌子の気を引き立てるように蓬田は言った。中古のその家は彼がネットで見つけたものだった。すでにひとりで、外観を見に行ったらしい。

「薪《まき》ストーブもあるんでしょう」

蓬田から教えられたことを歌子は言った。ちゃんと楽しみにしているのだと伝えるために。

「彼、大丈夫なの？」

しばらくしてから蓬田はそう言った。「シラクサ」を通る道に入ったせいかもしれない。昨日、泰史がまたいなくなったことに気づいているのか、あるいは家族の誰かが蓬田に知らせたのかもしれない。

「もういいの」

歌子は言った。膝の上にたたんでいたコートを広げて、肩からかけた。今は寒いような気がする。いや、暑いのか寒いのか、よくわからない。

「大丈夫じゃなくても、もういいの」

「あ！」

蓬田は声を上げた。「シラクサ」が見えてきていた。それに、そこに停まっている車も。二台停まっていて、そのうちの一台が泰史のレンジローバーだった。

「停めて！」

思わず歌子は叫んだ。蓬田はハンドルを切った。ふたりの車が「シラクサ」の敷地内に頭だけ入れて停車すると、そこにいた人たちがいっせいに顔を向けた。彼らは少し前に到着して、ちょうど車から降りたタイミングのようだった。男が三人と女がひとり。男のひとりは泰史だった。あとの三人——スーツ姿の中年男と若い男女——は知らない顔ばかりだ。いや、と歌子は思い直す。若い男女は、あのときのふたりではないのか。百合の毒について知らせに来たふたり。泰史が戻ってきた日にあらわれたふたり。まさか。あのときのふたりを何かの使者のように思っているからそう見えるだけだろう。だが、彼らは何の使者だったのだろう？

静止していた眼前の光景がふらりと動いた。動いたのは泰史だった。レンジローバーに乗り込んだのだ。エンジンがかかり、こちらに向かってバックしてくる。危ねえ、と蓬田が声を上げ、車を後退させた。その横すれすれをレンジローバーは通り抜けて通りに出ると、八ヶ岳に向かって走り出した。残された者たちはぽかんとしていた。スーツの男は不動産屋だろう、と歌子は察した。若い男女は内見の客だろう。泰史はあの店の売主として説明か何かのためにやってきたのだ。そして私たちがあらわれたことに気づいて、逃げた。いつものように、何もかも放り出して。

「追って。お願い。あの人を追って」

蓬田は無言で車を発進させた。逆方向へ走り出すのではないかと歌子は一瞬考えたが、車は八ヶ岳のほうへ向かった。木立と別荘地に挟まれた一本道だから、レンジローバーは前方に小さくまだ見えている。車のスピードが上がる。蓬田がそうしているのだ。彼に何か言わなければ。歌子は思う。でも何を言えばいいのか。何が言えるというのか。蓬田が何か言ってくれればいいのに。何か聞いてくれれば、答えることができるかもしれないのに。

「俺と結婚するんだよね？」

「するわ」

「あいつとは別れるんだよね」

「もう、とっくに別れてるわ」

それは現実の会話ではなかった。歌子の頭の中での蓬田とのやりとりだった。黙りこくっている彼の頭の中でも、同じ会話が聞こえているのかもしれない——もしかしたら、言葉は同じでも、伝わる意味はまったくべつのトーンで。

じゃあ、なぜ追うの？

歌子は自分自身に言う。わからない。追いかけて、追いついたらどうしようと思っているのかも。頬をひとつ叩きでもするのか。唾を吐きかけるのか。それとも罵倒したいのか、あるいはかきくどきたいのか。いや、どれでもない。どれも違う。わからない。

わかっているのは、泰史がまだいる、ということだ。私の世界に彼はまだ存在している、だから追いかけるしかないのだ。そうだ、彼なんかいなくなればいい、完全に、完璧に、この世からいなくなればいい。さっさと死んでしまえばいい。

だが、彼はまだ死んでいない。まだいる。もしかしたら死んでしまっても、まだいるのかもしれない。

交差点に差しかかりレンジローバーが左折するのが見えた。ちっ、と蓬田が舌打ちした。彼の舌打ちを歌子が聞くのははじめてだった。蓬田もまた歌子同様に、目的もわからないまま、泰史に追いつくことだけを考えているようだった。

初出「小説すばる」二〇一八年十一月号〜二〇一九年八月号
単行本化にあたり、大幅に加筆・修正を行いました。

装画　三宅瑠人
装幀　大久保伸子

井上荒野（いのうえ・あれの）
一九六一年東京生まれ。成蹊大学文学部卒。八九年「わたしのヌレエフ」で第一回フェミナ賞を受賞。二〇〇四年『潤一』で第一一回島清恋愛文学賞を受賞。〇八年『切羽へ』で第一三九回直木賞を受賞。一一年『そこへ行くな』で第六回中央公論文芸賞を受賞。一六年『赤へ』で第二九回柴田錬三郎賞を受賞。一八年『その話は今日はやめておきましょう』で第三五回織田作之助賞を受賞。著書多数。

百合《ゆり》中毒《ちゅうどく》

二〇二一年四月三〇日　第一刷発行

著　者　井上荒野《いのうえあれの》
発行者　徳永　真
発行所　株式会社集英社
〒一〇一－八〇五〇　東京都千代田区一ツ橋二－五－一〇
電話　〇三－三二三〇－六一〇〇（編集部）
〇三－三二三〇－六〇八〇（読者係）
〇三－三二三〇－六三九三（販売部）書店専用
印刷所　凸版印刷株式会社
製本所　株式会社ブックアート

ISBN978-4-08-771750-1　C0093
定価はカバーに表示してあります。

井上荒野の好評既刊

〈集英社文庫〉

ベーコン

不倫相手との情事の前の昼食、不在がちな父親が作った水餃子——人の心の奥にひそむ濃密な愛と官能を、食べることに絡めて描いた短編集。単行本未収録の一編を加えた、珠玉の全十編。（解説・小山鉄郎）

そこへ行くな

長年一緒に暮らす男の秘密を知らせる一本の電話……見てはならない「真実」に引き寄せられ、平穏な日常から足を踏み外す男女を描く全八編の短編集。第六回中央公論文芸賞受賞作。（解説・鹿島　茂）

綴《つづ》られる愛人

夫に抑圧される作家の柚《ゆう》と、地方に住む三流大学生の航《こう》大《た》。「綴り人の会」というサイトを介し身分を偽って文通を始めた二人は、やがて越えてはならない一線を踏み越え——。衝撃の恋愛サスペンス。（解説・斎藤美奈子）